Deseo™

Del despacho al ~~W9-DAS-559~~

JULES BENNETT

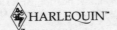
HARLEQUIN™

Editado por HARLEQUIN IBÉRICA, S.A.
Núñez de Balboa, 56
28001 Madrid

I.S.B.N.: 978-84-671-9604-7
Depósito legal: B-42214-2010
Editor responsable: Luis Pugni
Preimpresión y fotomecánica: M.T. Color & Diseño, S.L.
C/ Colquide, 6 portal 2 - 3º H. 28230 Las Rozas (Madrid)
Impresión y encuadernación: LITOGRAFÍA ROSÉS, S.A.
C/ Energía, 11. 08850 Gavá (Barcelona)
Fecha impresion para Argentina: 18.7.11
Distribuidor exclusivo para España: LOGISTA
Distribuidor para México: CODIPLYRSA
Distribuidores para Argentina: interior, BERTRAN, S.A.C. Vélez
Sársfield, 1950. Cap. Fed./ Buenos Aires y Gran Buenos Aires,
VACCARO SÁNCHEZ y Cía, S.A.
Distribuidor para Chile: DISTRIBUIDORA ALFA, S.A.

Capítulo Uno

–Quiero ofrecerles el contrato… a los dos.

Tamera Stevens se levantó del sofá al mismo tiempo que Cole Marcum exclamaba:

–¿Lo dice en serio?

–Yo siempre exijo lo mejor –Victor Lawson, famoso hotelero, se echó hacia atrás en el sillón–. Y quiero que mi primer hotel en Estados Unidos sea creado por dos de los mejores arquitectos del país. Si eso es un problema para ustedes, necesito saberlo antes de que firmen el contrato.

Cole y Tamera se miraron.

–No, en absoluto… –empezó a decir ella.

–No, no lo es –afirmó él.

–Espero que podamos trabajar juntos y que éste sea el hotel más lujoso no sólo de Miami, sino de todo el país.

Ningún problema, pensó Tamera, mientras intentaba contener el deseo de ponerse a llorar, gritar o salir corriendo de aquel despacho. ¿Podrían escuchar los violentos latidos de su corazón?, se preguntó. ¿Se habría cubierto de sudor su frente? Si no llevaba algo de aire a sus pulmones iba a desmayarse.

¿Que si tenían algún problema? Aparte de que Cole Marcum, su ex prometido, le había roto el corazón en la universidad y aquélla era la primera vez que lo veía en once años, no, no había ningún problema.

Y ahora iban a tener que trabajar juntos porque nadie, absolutamente nadie, rechazaría la posibilidad de trabajar con Victor Lawson.

Genial, sencillamente genial. Sí, ningún problema. Pero le daban ganas de vomitar.

Si aceptaban trabajar juntos en aquel proyecto tendrían que estar juntos durante meses...

Y trabajar juntos sería una forma de demostrar que podía dirigir el grupo Stevens y que era tan capaz como su padre de llevar la multimillonaria empresa familiar.

¿Pero de verdad tendría que pasar tanto tiempo con Cole?, se preguntó. ¿No podía él encargarle el proyecto a otro arquitecto de su empresa? Lo estaba pasando fatal y sólo llevaba diez minutos en aquella reunión.

—Nunca he trabajado con otro gabinete de arquitectura —dijo Cole entonces—. Y un edificio Marcum es único.

De modo que seguía siendo un engreído, pensó ella. Evidentemente, su ego había aumentado, si eso era posible, desde que rompió el compromiso.

Tamera no podía negar que Cole estaba aún más guapo que antes, pero ese atractivo exterior no era más que una fachada que escondía a una mala persona bajo una sonrisa de un millón de dólares y un carísimo traje de chaqueta italiano.

Ojalá pudiera involucrarse en aquel proyecto con la ilusión que ponía en otros, ¿pero cómo iba a hacerlo si el propio demonio estaba sentado a su lado?

Victor se inclinó hacia delante para apoyar los codos en la mesa. Aún no tenía cuarenta años, pero había ganado más dinero en su juventud que cualquier persona en una vida entera. Con el pelo rubio, la piel bronceada y los ojos azules, tenía aspecto de playboy y, según lo que contaban las revistas de cotilleos, era un famoso donjuán.

–Entiendo que estén un poco desconcertados, pero les aseguro que será beneficioso para todos.

¿Beneficioso? A nivel profesional, desde luego, pensó Tamera. A nivel personal podría ser un problema para su salud y su corazón. Había tenido que reunir las piezas de ese corazón una por una años atrás... ¿estaba el destino poniéndola a prueba?

¿Por qué tenía que estar Cole aún más guapo que antes? Esos anchos hombros bajo la chaqueta gris, el pelo negro y los rasgos esculpidos eran una distracción.

Sí, tenía un aspecto absolutamente profesional, pero también peligrosamente atractivo con esos ojos oscuros como la noche.

¿Sería tan frío como su mirada?, se preguntó. Cole y su hermano gemelo, Zach, eran tiburones en los negocios, pero a nivel personal, ¿cómo sería Cole ahora?

No, no iba a pensar en eso. No iba a preguntarse qué hacía en su tiempo libre. No pensaría en las mujeres que habrían pasado por su vida desde que la dejó, confusa y dolida. Ahora era una profesional y seguiría siéndolo hasta que terminasen con aquel encargo.

Cole Marcum era increíblemente guapo, pero en Miami había miles de hombres guapos. Tampoco era para tanto. Aunque ella le hubiese entregado su virginidad, aunque Cole le hubiera ofrecido el mundo entero y prometido amarla para siempre no iba a quedarse llorando por un sueño que murió años atrás.

Ahora era más fuerte y tenía cosas más importantes de las que ocuparse que recordar el pasado.

Por ejemplo de su padre, que estaba a punto de morir.

Y ésa era una de las razones por las que ella tendría que encargarse sola de aquel proyecto. Era la directora del gabinete y no podía decepcionar a nadie, especialmente a su padre. Quería demostrarle que era capaz de hacerlo, que podía dirigir la empresa que había pertenecido a su familia durante tres generaciones.

Aparte de las enfermeras que había contratado, nadie sabía de su enfermad. Nadie debía saber que su padre tenía un cáncer de pulmón en estado terminal porque, de ser así, las acciones de la empresa perderían valor y los clientes se marcharían a otro sitio.

Walter Stevens era el grupo Stevens y había empezado a trabajar incluso antes de terminar la carrera. Empezó desde abajo y no había una sola constructora en el país que no lo conociera, de modo que tenía que dar lo mejor para Victor Lawson. Los errores, por pequeños que fuesen, eran inaceptables.

Y Cole no debía saber que su padre no estaba a cargo de todo porque intentaría aprovecharse y Tamera se negaba a darle esa ventaja. Ni a él ni a ningún otro hombre.

Aunque, en realidad, casi debería darle las gracias porque desde que la dejó se había vuelto más fuerte, más independiente.

–Quiero que sea un proyecto extravagante –estaba diciendo Victor Lawson–. Quiero que Miami y el mundo entero vean un edificio lleno de pasión, de belleza, de elegancia. La gente viene a Miami a relajarse y yo quiero que se sientan transportados a otro tiempo, que las parejas crean estar viviendo una fantasía.

Con cualquier otro proyecto, la palabra «parejas» no la habría sobresaltado, pero aquél no era un proyecto más y Tamera hizo un esfuerzo para disimular su agitación.

–Señor Lawson, el Grupo Stevens estaría encantado de tomar parte en este proyecto. De hecho, estamos deseando empezar.

«Chúpate esa, Cole, el que rompe compromisos sin dar explicaciones».

Genial, ahora estaba pensando como una adolescente, se dijo a sí misma, enfadada.

Victor Lawson sonrió, encantado.

–Me alegra muchísimo oír eso. Y no esperaba menos. Aunque Walter se haya retirado antes de lo que todos pensábamos, sabía que podía esperar lo mejor de su hija.

–En realidad, se está tomando un tiempo libre. Una especie de semi-retiro –Tamera se aclaró la garganta, nerviosa.

–Señor Marcum, no tiene nada que perder –dijo Victor entonces, mirando a Cole–. Cada uno recibirá la cantidad que se acordó cuando presentaron el proyecto. Y estoy seguro de que con el talento de ambos conseguiremos un gran edificio.

La confianza de Victor Lawson en su talento hizo que a Tamera se le encogiera el estómago. Y no podía corregirlo sobre la «jubilación» de su padre porque para todo el mundo Walter Stevens se había retirado antes de lo previsto.

Ojalá ésa fuese la verdad.

Trabajaba en la empresa de su padre desde que terminó la carrera, empezando desde abajo como había hecho él. Y ahora era la directora, aunque devolvería ese puesto en un segundo si así su padre se pusiera bien.

Tamera hizo un esfuerzo para controlar la emoción mientras se volvía, esperando la respuesta de Cole. A pesar de todo, se sentía intrigada por su poderosa y atractiva presencia. Si no lo conociera, con toda seguridad querría conocerlo íntimamente. Y, considerando que últimamente no salía con nadie, eso era mucho decir. De hecho, llevaba años sin salir con ningún hombre.

¿Dónde se había ido el tiempo?, se preguntó. ¿De verdad había renunciado a la posibilidad de tener una relación sentimental sólo por una mala experiencia?

–Si ésta es la única manera de llegar a un acuerdo, me parece bien –dijo Cole por fin.

Tamera contuvo un suspiro de alivio, aunque la idea de trabajar con Cole la asustaba. Sí, quería aquel encargo más que nada, pero había pensado que él se mostraría más reticente.

¿Podrían trabajar junto como si no hubiera pasado nada? Su pasado era el proverbial elefante en medio del salón, aunque la fría mirada de Cole la hacía sentir como una tonta. Era como si no le afectase tanto como a ella.

¿Se habría dado cuenta Victor Lawson o estaba demasiado emocionado con el nuevo proyecto?

Pero podría trabajar con Cole, se dijo a sí misma. Además, ¿qué otra cosa podía hacer?

Debía ser una profesional y nada más. El pasado se quedaría donde se quedó once años atrás, junto con su corazón.

–Estupendo –Victor se levantó, con una sonrisa en los labios, y Tamera y Cole hicieron lo propio–. Tendré los contratos preparados y los enviaré a sus oficinas lo antes posible. Espero tenerlo todo listo para finales de semana porque quiero empezar cuanto antes. Ah, y también enviaré una lista con todos los detalles que me interesan y algunas ideas propias. Pero tienen mi permiso para trabajar con toda libertad. Dejen volar su imaginación sin la interrupción de faxes, teléfonos o reuniones. Déjense llevar por la fantasía del diseño.

¿Dejarse llevar por la fantasía? No, gracias, pensó Tamera. Ya había hecho eso una vez y, como recuerdo, tenía un corazón roto.

Después de estrechar la mano de Victor, tomó su bolso de diseño y se dirigió a la puerta. La reunión había terminado, de modo que no tenía sentido quedarse allí y torturarse a sí misma con el aroma de la colonia de Cole. Aunque debería acostumbrarse a esa agonía porque iban a trabajar durante meses en aquel proyecto y tenía la impresión de que aquel encuentro no iba a ser nada comparado con lo que le esperaba.

Intentando olvidar el dolor de antiguas heridas, Tamera tomó el ascensor para bajar al vestíbulo del nuevo edificio de Victor Lawson en la avenida más importante de Miami.

Ya no era la niña de veintidós años enamorada de un hombre que le había prometido el mundo entero para luego dejarla sin darle explicación alguna. Sí, bueno, había dicho algo sobre que eran demasiado jóvenes y se habían comprometido demasiado pronto, pero ella no lo creía. Había ocurrido algo que lo hizo cambiar de opinión, sencillamente.

Y, fuese lo que fuese, no había sido lo bastante fuerte como para luchar por ella.

Le sorprendía que alguien como Cole Marcum, que parecía tan seguro de sí mismo, hubiera decidido tomar la salida más fácil. Pero si esperaba que ella siguiera siendo la misma chica inocente iba a llevarse una desilusión porque no tenía tiempo para recordar el pasado. Tenía que dirigir una empresa y cuidar de su padre.

No, no tenía ni tiempo ni energía para pensar en Cole Marcum.

Entonces, ¿por qué desde que empezó la reunión eso era en lo único que pensaba?

–Ven a mi despacho.

Cole guardó el iPhone en el bolsillo y siguió recorriendo la zona que llamaba «zona de paseo», entre el enorme escritorio de cromo y cristal y la ventana que daba al puerto de Miami.

Tamera Stevens.

¿Por qué al verla había sentido una opresión en el pecho? ¿No habían pasado suficientes años como para que el sentimiento de culpabilidad hubiera desaparecido del todo? ¿Cómo podía tener tiempo para sentirse culpable por lo que le hizo a Tamera cuando tenía que dirigir una empresa multimillonaria?

Sí, había seguido adelante sin mirar atrás, pero eso no significaba que estuviera orgulloso de cómo la había tratado.

Y Victor Lawson había aumentado el sentimiento de culpa al decir que los dos gabinetes de arquitectura tendrían que trabajar juntos. Y no sólo los gabinetes; había exigido que fueran ellos personalmente quienes dirigieran el proyecto.

El destino era muy caprichoso.

−¿Qué ocurre?

Cole dejó de pasear y se volvió para mirar a Zach, su hermano gemelo.

−Hemos conseguido el proyecto Lawson.

−¿Y ese tono tan alegre es debido a que has conseguido un encargo fabuloso con una empresa multimillonaria?

−No me hacen gracia los sarcasmos en este momento. Tenemos que trabajar con otro gabinete.

−¿Cuál?

−El grupo Stevens.

−¿Walter Stevens? Pero si tú odias a ese canalla…

Odiarlo era poco. ¿Quién no odiaría al hombre que había amenazado con destruir su futuro por haberse enamorado de su hija?

−Es un poco más complicado que eso −Cole se

11

apoyó en el borde del escritorio–. Walter no va a trabajar en el proyecto.

–Entonces lo hará Tamera –dijo Zach. Cole asintió con la cabeza–. ¿Quieres que me encargue yo entonces? A mí no me importa trabajar con ella. Además, creo que sería lo mejor.

La idea era tentadora, pero Cole se negaba a echarse atrás.

–No, lo haré yo.

–No puedes decirlo en serio –objetó Zach–. ¿Cuánto tiempo ha pasado… once años? Ya no será la misma chica de la que te enamoraste. Te lo digo en serio, el amor muere tarde o temprano.

Cole no podía discutir eso porque el matrimonio de Zach no había durado mucho. Después del «sí, quiero» su esposa había tardado muy poco en irse con otro hombre.

Pero él no buscaba amor. Él quería que Walter Stevens viese que era lo bastante bueno como para trabajar con su preciosa hija y su precioso gabinete. La unión de los dos gabinetes arquitectónicos para aquel proyecto era algo fabuloso. De hecho, era la oportunidad que había estado esperando para demostrarle a Walter Stevens que era tan poderoso, si no más, que él.

–¿Y qué vas a hacer? –preguntó Zach–. ¿Vas a contarle que su padre te amenazó?

–No me creería y, además, ocurrió hace mucho tiempo, ya no tiene importancia. Pero Tamera sigue siendo la mujer más sexy que he visto nunca. ¿Quién sabe? Tal vez la atracción sigue ahí. Y de ser así, estos próximos meses serán muy interesantes.

Su hermano soltó una carcajada.

–¿Y si es la típica niña mimada que ha heredado la empresa de su papá?

Cole pensó en esa posibilidad.

–Podría ser, pero no quiero nada de Tamera más que una buena compañera de trabajo. Además, sigue pareciendo una chica dulce e inocente. Nada que ver con Walter.

–Lo de «dulce e inocente» imagino que desapareció cuando le rompiste el corazón –objetó Zach. Como si Cole necesitara recordatorios–. No sé, pero a mí me parece que un contrato multimillonario es más importante que cualquier otra cosa. ¿Crees que podrás concentrarte?

El Grupo Stevens era uno de los gabinetes arquitectónicos más importantes del país, de modo que trabajar con ellos sería interesante. Y si, además, seguía habiendo atracción entre ellos...

Aunque él no quería retomar su relación con Tamera. No, sólo quería saber si seguía temblando cuando la tocaba, si sus labios seguían sabiendo de la misma forma. ¿Qué hombre no querría volver a hacer el amor con ella?

Tamera Stevens era la típica chica de Miami: bronceada, de largo pelo rubio, ojos azules y cuerpo de modelo. Le gustaría aunque no se conocieran de nada y el hecho de que tuvieran un pasado sólo hacía que la situación fuese más interesante.

En cuanto al amor que habían compartido once años antes... no, gracias. Cualquier sentimiento remotamente parecido al amor había muerto junto con el sueño de compartir su vida con Tamera. No había sitio para el amor porque su objetivo era trabajar y trabajar. El amor era una emoción que el propio Walter Stevens había arrancado de su corazón.

—Podré hacerlo —dijo por fin—. Tamera no sabe en qué clase de hombre me he convertido.

Zach levantó una ceja.

—Esta pelea no es entre Tamera y tú, es entre su padre y tú.

El padre de Tamera siempre lo había odiado, pero cuando Cole decidió pedirle que se casara con él un año antes de terminar la carrera, Walter decidió amenazarlo: si no la dejaba, haría que le retirasen la beca de estudios. A él y a sus hermanos.

Walter Stevens tenía contactos en todas partes, incluso en la universidad, y Cole sabía que la amenaza iba en serio.

Y como él, Zach y su hermana pequeña, Kayla, vivían con su abuela y apenas llegaban a fin de mes, de modo que tuvo que hacerlo.

Elegir entre el futuro de su carrera y el futuro de su corazón había sido la decisión más difícil de su vida y una que había cuestionado durante muchos años, pero estaba convencido de que todo ocurría por una razón. Y, al final, se sentía contento con su vida.

Los próximos meses iban a ser una dura prueba, pero estaba dispuesto a todo. Especialmente cuando se trataba de ganar millones… y explorar las seductoras curvas de Tamera Stevens una vez más.

Capítulo Dos

Los contratos estaban firmados, no había vuelta atrás.

Podía hacerlo. Trabajar con Cole sería como volver a la universidad de Florida, cuando redactaban proyectos en la habitación del campus de Cole o en su apartamento, fuera de él.

Pero ahora tendrían que lidiar con un proyecto de verdad, uno que costaría millones de dólares, sin calificaciones académicas y sin sentimientos.

Tendrían que lidiar con sentimientos. O al menos ella. Pero no serían más que un recuerdo del pasado.

Tam levantó los ojos al cielo mientras apagaba el ordenador, deseando irse a casa.

En el pasado, la única que había sentido algo de verdad era ella o Cole no habría podido dejarla sin mirar atrás. Podía aceptar que la hubiese dejado, lo que no podía aceptar era que no le hubiese dado una explicación.

Cuando Cole rompió el compromiso se puso enferma y, siguiendo el consejo de su padre, había cambiado de universidad para olvidarse de él y empezar de nuevo. Pero, aunque había seguido adelante, jamás olvidó al hombre al que había amado con todo su corazón. El hombre que…

El hombre que, en aquel momento, estaba en la puerta de su despacho.

—Cole —murmuró, con el corazón en la garganta. Afortunadamente estaba sentada o se habría caído al suelo—. ¿Qué haces aquí?

—Tenemos que hablar.

Incluso al final de la jornada seguía estando guapísimo. Se había quitado el traje de chaqueta y llevaba un pantalón negro y una camisa azul claro con las mangas subidas hasta el codo. Y la sombra de barba, tan sexy, hacía que el corazón de Tamera palpitase como loco.

Pasado o no pasado, aquel hombre era guapo como el demonio y eso era algo que no podía negar. ¿Por qué no tenía barriga cervecera o algo así después de tantos años?

—Me iba a casa —empezó a decir, intentando no mirar esos ojos de pantera—. Si quieres, mañana podremos hablar de los bocetos iniciales.

En lugar de sentarse frente a ella, como hacían las visitas, Cole apoyó una cadera en el escritorio, a su lado. Esa colonia masculina que llevaba durante la reunión con Victor volvía a afectarla y sus labios eran tan atractivos como el día que le pidió que se casara con él.

Oh, no. ¿Cuánto tiempo iban a tener que trabajar juntos?

—No he venido para hablar del proyecto.

¿Por qué no pestañeaba? ¿De verdad no le afectaba aquella reunión? La tensión que había en el aire no podía afectarla sólo a ella.

Tamera se aclaró la garganta mientras se echaba

16

un poquito hacia atrás en la silla. No tenía sentido fingir que no sabía a qué se refería, pero ¿de verdad pensaba que podía entrar en su despacho y retomar lo que habían dejado once años atrás?

–Cole, esto no me parece muy profesional. Recordar el pasado no será más que un estorbo si tenemos que trabajar juntos.

Él la miró en silencio durante largo rato, haciendo que se sintiera como bajo un microscopio.

–¿De verdad no te importa trabajar conmigo? –le preguntó por fin–. Ésa es la razón por la que estoy aquí. Podemos discutir el asunto a solas, sin Victor.

Tamera lo maldijo por ser tan frío. ¿Y cómo se atrevía a pensar que iba a echarse atrás? Si la única razón por la que estaba allí era para saber si ella era suficientemente «valiente» como para hacer el trabajo, le demostraría que podía controlar la situación.

De modo que se levantó, haciendo que Cole tuviera que echarse un poco hacia atrás.

–Éste es un encargo de ensueño y no me echaría atrás aunque tuviese que trabajar con el demonio, así que no hay razón para fingir que te importan mis sentimientos.

Cole sonrió.

–Zach se ha ofrecido a ocupar mi puesto, pero normalmente se encarga del proyecto de obra.

Aunque seguía teniendo un nudo en el estómago desde su reunión con él una semana antes, Tamera sonrió mientras se acercaba a la ventana para mirar la playa de South Beach.

–¿Habéis hablado de mí?

–Sí, claro.

–Qué considerados –murmuró Tamera–. Pues te aseguro que yo estoy bien. La cuestión es si lo estás tú.

Cuando se dio la vuelta para ver su reacción le sorprendió ver que tenía los puños apretados.

–Si quieres que te sea sincero, no lo sé –contestó por fin.

–¿Por qué? –le preguntó ella, después de aclararse la garganta.

–Porque ahora estás incluso más guapa que en la universidad. Y me siento intrigado.

–Ah, qué bien.

Intentaba parecer despreocupada, pero en realidad quería besarlo. Quería sentir el calor de sus labios una vez más. Ni siquiera iba a intentar mentirse a sí misma.

Durante casi dos años habían sido inseparables. Nada ni nadie había conseguido calentar su corazón como lo hacía Cole. Pero besarlo sólo serviría para llevarla atrás en el tiempo y destruir cualquier esperanza de que pudiesen trabajar juntos en aquel proyecto.

Y, afortunadamente, la cordura prevaleció.

–No –le dijo, dando un paso atrás–. Si crees que puedes encontrar un sitio en mi vida otra vez, estás muy equivocado. Pero me sorprende que dejes que tus hormonas se interpongan con un proyecto tan importante.

Cole metió las manos en los bolsillos del pantalón.

–Tienes razón. Pero tenía que saberlo.

–¿Saber qué?

–Si la chispa seguía ahí –respondió él, inclinándose para hablarle al oído–. Y sigue ahí.

Luego, sin decir una palabra más, salió de su despacho.

Silbando.

Y Tamera tuvo que hacer un esfuerzo para no cerrar de un portazo. ¡Silbando!

Pero si creía que podía jugar con sus emociones estaba en un error. Nada, absolutamente nada, se interpondría entre aquel proyecto y ella.

Y menos un ex prometido, aunque le pareciese más atractivo ahora que cuando estaba loca por él.

Una pena que fuese tan insoportablemente engreído.

Tamera seguía furiosa cuando atravesó a bordo de su BMW las puertas de hierro forjado de la mansión de su padre en Coral Gables. Pero para cuando detuvo el coche y subió los escalones de piedra había conseguido calmarse un poco.

Por el momento, su padre no tenía por qué saber que estaba trabajando con otro gabinete. Y especialmente no tenía por qué saber que era el gabinete de Cole. Lo único que tenía que hacer era controlar sus nervios, si era posible.

Pero se alegró de estar un poco más calmada cuando la enfermera salió de la habitación con expresión seria.

–Danita, ¿cómo está?

La mujer tomó a Tamera del brazo para llevarla al salón.

—Me temo que ha llegado la hora, señorita Stevens.

Ella sabía que aquel día iba a llegar: el día que su padre no pudiera seguir en casa. El hospital era el siguiente paso. El último paso.

—Haré lo que tenga que hacer, pero quiero que esté lo más cómodo posible.

Danita apretó su brazo.

—Hablaré con el médico para ver si puede mantenerlo sedado hasta que llegue el momento.

Para que muriese tranquilo. No lo había dicho en voz alta, pero las palabras quedaron colgadas en el aire de todas formas.

—Preferiría que estuviera en casa, pero si lo mejor es ingresarlo en el hospital tendrá que ser así. Acabo de firmar un contrato para un nuevo proyecto, de modo que no tendré mucho tiempo libre, pero estaré con él siempre que pueda.

Dos meses antes, su padre dirigía uno de los gabinetes de arquitectura más importantes del país y ahora estaba luchando para seguir con vida. Por ella.

Tamera sabía que no tenía más razones para seguir viviendo que asegurarse de que ella era feliz. Y sabiendo lo testarudo que era, seguramente también para comprobar que no se cargaba el prestigio de la empresa familiar.

Esa idea la hizo sonreír a pesar de la tristeza. Pero tenía que ponerse en contacto con Cole para empezar a trabajar lo antes posible y así poder hacerle a su padre un último regalo.

Su padre podría irse en paz sabiendo que era capaz de llevar la empresa como la había llevado él, que seguiría construyendo estructuras asombrosas como habían hecho su abuelo y él.

Tamera abrió la puerta de la habitación con cuidado para no despertarlo, pero su padre estaba despierto, mirando hacia la ventana.

–Pensé que estarías dormido.

Walter Stevens giró la cabeza al escuchar su voz.

–No esperaba que vinieras hoy.

Tenían esa misma conversación cada día y cada día Tamera se limitaba a sonreír. Los médicos habían dicho que su enfermedad haría que perdiese la memoria, pero seguía tan agudo como siempre. Porque, en su opinión, debía vivir en la oficina, como había hecho él.

–¿Quieres algo, papá? ¿Algo de comer? Danita está haciendo la cena, pero tardará una hora más o menos.

Su padre hizo un gesto con la mano.

–Danita y tú os preocupáis demasiado por mí. Cuéntame qué tal va todo en la oficina.

–Por el momento, bien. Nadie se ha interesado demasiado por tu ausencia y parecen satisfechos con la explicación de que te vas a tomar un tiempo para descansar.

En otras circunstancias, su padre se habría dado cuenta de que no había contestado directamente a la pregunta, pero eso era cuando estaba bien y no luchando por su vida.

Y no pensaba decirle nada sobre el contrato con Victor Lawson porque entonces estaría perpetuamente preocupado y ella no quería que se preocupase por nada.

Además, si le contaba lo del proyecto Lawson tendría que contarle también que iba a trabajar con Cole Marcum. Y, considerando que había llorado durante meses después de su ruptura, dudaba mucho que su padre quisiera saber nada de Cole.

–Siento que todo esto haya caído sobre tus hombros, Tamera. Sé que el trabajo puede ser muy estresante… y tienes ojeras, no te cuidas bien.

–No te preocupes –dijo ella, poniendo una mano en su brazo–. Lo tengo todo controlado. Sólo estoy intentando ser tan buena arquitecta como tú.

Walter Stevens la miró fijamente por un momento.

–Hay algo que no me has contado.

–Nada de lo que debas preocuparte, papá.

–Me preocuparé hasta mi último aliento –le aseguró él–. No hemos perdido ningún cliente, ¿verdad?

–Claro que no. Todos los clientes, nuevos y antiguos, están encantados con el trabajo que hacemos. Deja de preocuparte y concéntrate en ti mismo. Ahora soy yo quien está a cargo de la empresa.

Por fin, su padre sonrió.

–Seguro que llevas mucho tiempo deseando decirme eso.

–Desde luego –Tamera sonrió mientras apretaba su mano–. Bueno, me marcho para que puedas descansar antes de la cena. Vendré más tarde.

Después de darle un beso, subió a su BMW y se dirigió a su casa en South Beach. Tal vez algún día disfrutaría de las tiendas de diseño y de la vida nocturna como solía hacer antes. Echaba de menos ir a bailar y divertirse con sus amigos, pero lo primero era lo primero y salir de fiesta sería totalmente inapropiado teniendo a su padre enfermo. Además, era lógico que no tuviera vida social o un novio que la ayudase durante los malos momentos porque no había salido con nadie en lo que le parecían siglos.

Sintió una punzada de envidia al ver a la gente paseando por la calle, mirando los escaparates o tomando algo en las terrazas. Sus vidas parecían tan alegres, tan divertidas.

Tamera parpadeó rápidamente para controlar las lágrimas, aunque tenía derecho a llorar.

Defender aquel proyecto mientras veía el final de la vida de su padre y, a la vez, lidiar con Cole era demasiado. Pero si podía llorar en privado tal vez sería capaz de mantener una fachada de serenidad en público. No había sitio para debilidades en el mundo profesional.

Una vez en el garaje de su casa, sacó el móvil del bolso y marcó el número de Cole. Esperaba dejar un mensaje en el contestador, pero respondió él directamente.

—¿Sí?

Tamera cerró los ojos, apoyando la cabeza en el respaldo del asiento.

—No esperaba que contestases.

—¿Entonces por qué me has llamado?

—Es muy tarde y pensaba dejar un mensaje en el contestador. Me gustaría que nos viéramos mañana a primera hora para empezar a trabajar.

–Estupendo. ¿Qué tal en mi yate, en Bal Harbor?

–¿En tu yate? –repitió ella, sorprendida.

–Sí, ahí es donde trabajo. Es un sitio estupendo para aclarar mis pensamientos y concentrarme sin interrupciones. Le daré el día libre a los empleados.

Tamera se pasó una mano por la frente, intentando controlar un principio de jaqueca.

–No voy a ir a tu yate, Cole. Ésta no es una visita social y lo mejor es que nos encontremos en tu despacho o el mío.

Cole rió y su risa la puso aún más nerviosa.

–Así es como suelo trabajar al principio de un proyecto. Además, ¿no dijo Victor que quería fantasía, imaginación? No podemos ir en contra de los deseos de un cliente, ¿no te parece?

Tamera tuvo que hacer un esfuerzo para no cortar la comunicación. Cole quería demostrar que había que hacer las cosas a su manera.

–Lo digo en serio, confía en mí –siguió, con tono condescendiente–. La cuestión no es dónde nos reunamos, más bien si voy a ser capaz de estar a la altura de esa vena creativa tuya.

–Ya, claro –dijo ella, irónica–. Muy bien, de acuerdo. Pero te advierto que si intentas jugar conmigo como hiciste esta tarde seguiremos viéndonos en mi despacho.

–Como tú digas.

Cole le indicó cómo llegar a su yate y cuando colgó Tamera se quedó pensativa. Si tenía por costumbre trabajar de ese modo y eso podía ayudarlos en el proceso de diseño… en fin, tendría que acomodarse a las circunstancias para terminar el trabajo lo antes posible.

Pero salió del coche intentando levantar una muralla alrededor de su corazón. Un corazón que no podría resistir otro golpe. Y menos en aquel momento, cuando había tantas cosas en juego.

Capítulo Tres

Cole no había mentido al decir que trabajaba mejor en el yate, aunque no habría invitado a cualquiera a ir allí.

Necesitaba que Tamera viese qué clase de hombre era. No sólo eso, quería poner a prueba su plan de seducción y aquélla era la oportunidad perfecta para matar dos pájaros de un tiro.

Durante su encuentro no le había pasado desapercibido cómo latía el pulso bajo la delicada piel de su cuello y también había visto cómo se pasaba la lengua por los labios, como si estuviera nerviosa, excitada o ambas cosas. Lo deseaba tanto como la deseaba él y eso la enfurecía más de lo que le gustaría admitir.

Tamera quería distanciarse de él y era comprensible teniendo en cuenta lo que había pasado entre ellos, pero ésa no era la razón por la que intentaba distanciarse. Si no le hubiera temblado la voz podría creer que no estaba interesada, pero le había temblado.

Un punto para él por haber conseguido turbarla en tan poco tiempo.

Entender el lenguaje corporal de una mujer era como una segunda naturaleza para él y tenía mucha experiencia con Tamera. Se conocían como sólo un hombre y una mujer podían conocerse el uno al otro. Cierto, habían pasado once años, pero no había cambiado tanto. Y Cole sabía que se debatía entre el deseo de saber si seguía habiendo química entre ellos y el deseo de sacarle los ojos.

Y estaba deseando averiguar cuál de los dos deseos prevalecía.

Pero estaba absolutamente seguro de una cosa: cuando la quisiera, la tendría. Seducirla no sería un problema.

–¿Hola? –oyó su voz desde arriba.

Cole se dirigió a la escalerita para reunirse con ella en cubierta, pero antes de hacerlo respiró profundamente, recordándose que debía portarse como un profesional y dejar que la atracción que había entre ellos siguiera su curso normal, sin presiones.

Tamera llevaba una falda blanca, zapatillas de tenis y una blusa de rayas blancas y azules, sin mangas. Con el pelo rubio cayendo sobre sus hombros tenía un aspecto totalmente inocente. Si supiera lo que él estaba pensando…

–Ven, vamos abajo –Cole le hizo un gesto para que lo siguiera–. Tengo sándwiches, fruta y zumos.

–Bonito yate –dijo Tamera.

Su tono sarcástico hizo que Cole mirase por encima de su hombro.

–Gracias.

–No esperaba que se llamase como yo.

Él se encogió de hombros.

–No es tu nombre. El yate se llama *Tam* por la primera compañía en la que invertí y que me dio muchos beneficios. Con ese dinero me compré el yate.

Tamera lo miró con expresión incrédula.

—Ya.

—¿Creías que era tu nombre? —Cole soltó una carcajada—. Tendría que comprar una flota de yates si tuviera que ponerles el nombre de todas mis ex.

Después de decir eso le dio la espalda para no ver el brillo de dolor en sus ojos. No estaba mintiendo, era la verdad. Aunque invirtió el dinero en esa empresa precisamente porque se llamaba como ella.

Pero todo eso había terminado. Había pasado demasiado tiempo como para seguir sintiendo algo por una persona a la que no había visto en más de una década y en su vida había demasiadas complicaciones.

Lo único que quería de ella eran dos cosas: trabajo y sexo.

Mientras preparaba un plato con sándwiches y fruta para ella vio que Tamera miraba alrededor y se sintió orgulloso. Sabía que su yate era caro y elegante, como él quería.

—Es muy bonito —repitió Tamera.

El tono de sorpresa lo irritaba y lo agradaba al mismo tiempo. Él provenía de una familia humilde y llegar arriba por uno mismo costaba mucho. ¿No le había dicho una vez que nunca más tendría que pasar penalidades? ¿No le había dicho esas mismas palabras a Walter Stevens? ¿No le había prometido que no le faltaría de nada si se casaba con él? Pero tal vez Tamera no había creído que pudiera hacerlo.

Evidentemente, él era el único que tenía fe en sí mismo.

–Sí, lo es.

Tenía que controlar sus emociones, se dijo. Tenía que olvidar el pasado y hacer lo que le había dicho a Zach que iba a hacer: concentrarse en el trabajo y lograr que Victor Lawson fuese un cliente satisfecho. Si ocurría algo con Tamera... bueno, entonces el proyecto sería un éxito sin precedentes.

–No me ha dado tiempo a desayunar –dijo ella, dejando el maletín sobre una silla para tomar una fresa del plato.

¿De verdad iba a portarse como si no ocurriese nada? ¿Como si no hubiera tensión sexual entre ellos? ¿Como si fueran colegas que se vieran por primera vez?

Muy bien, estupendo. Pero que no lo hubiera mirado a los ojos desde que llegó al yate era otro dato positivo. Estaba nerviosa y Cole pensaba utilizarlo a su favor.

–¿Quieres sentarte un momento en el sofá?

–Sí, bueno... podríamos hablar de qué proyecto tenemos en mente antes de sentarnos frente a la mesa de dibujo.

Mientras sacaba unos papeles del maletín, Cole no podía dejar de mirar sus bronceados y delicados tobillos. Le gustaría pasar las manos por sus piernas para ver si seguía temblando cuando la tocaba, pero no se hacía ilusiones. Sabía que cuando le pusiera las manos encima, Tamera no sería la única que temblase. Pero esta vez no dejaría que su corazón se involucrase en el proceso. No quería saber nada del amor o de nada que se pareciese a esa emoción inútil.

–Imagino que has tenido tiempo para echarle un vistazo –dijo Tamera, tomando otra fresa del plato.

Cole asintió, intentando concentrarse en el proyecto Lawson y no en esos labios suyos, más sabrosos que cualquier fresa.

–Sí, será emocionante. Y no sólo para nosotros, sino para la economía de Miami.

–Estoy de acuerdo –Tamera sacó un papel del maletín–. He hecho una lista con las ideas de Victor y las he colocado por categorías.

Cole rió mientras se arrellanaba en el sofá, a su lado.

–Recuerdo que solías hacer listas. Era una de las cosas que más me...

–Ya sé que compartimos muchas cosas en el pasado, Cole –lo interrumpió ella–. Y supongo que es lógico que aparezcan de vez en cuando pero, como estaba diciendo, he reunido las ideas por grupos. Y están divididas por colores: estructura en verde, medidas de seguridad en rojo, decoración en rosa... Por cierto, he visto el nombre de Kayla en el contrato, ¿trabaja contigo?

Cole asintió con la cabeza.

–Mi hermana se encarga de la decoración de todos nuestros proyectos. Y está deseando empezar con éste porque acaba de terminar uno en Los Ángeles.

Tamera inclinó a un lado la cabeza y la rubia melena se deslizó suavemente por sus hombros.

–¿También hace encargos independientes o sólo trabaja con vosotros?

–También trabaja por su cuenta, pero el proyecto que ha terminado es un edificio de oficinas que hemos diseñado Zach y yo. Volverá a casa en unos días.

–Ah, la verdad es que me gustaría volver a verla.

Cuando Cole rompió su relación también se rompió la de Kayla y Tamera. Todo porque Walter Stevens quería para su hija algo mejor que un chico sin medios económicos ni contactos.

Su voz era como una caricia mientras le hablaba de sus ideas. Cole estaba escuchando, pero sólo a medias. Su voz siempre había tenido ese efecto hipnótico en él.

Cuando estaban en la universidad siempre quería que estudiasen juntos, pero terminaban desnudos y en la cama, en el sofá o donde fuese.

Cuando estudiaban en la habitación que él ocupaba en el campus de la facultad tenían que soportar a Zach y su larga lista de novias y, como eso era incómodo, solían ir al apartamento de Tamera. En realidad, era asombroso que hubiesen aprobado y que lo hubieran hecho con tan buenas calificaciones.

–¿Te has dormido?

Cole sacudió la cabeza y con ella los recuerdos de algo que parecía haber ocurrido siglos atrás.

–No, estaba pensando en el proyecto.

Tamera tomó otra fresa del plato.

–Dime qué ideas se te han ocurrido para el hotel.

–Algo clásico, eterno, de cuando la vida era más

31

sencilla, las mujeres vestían de forma elegante y los hombres se portaban como caballeros.

Tamera sonrió.

—Entonces pensamos lo mismo. Ésa exactamente es la sensación que yo tenía.

—Vamos a ser un buen equipo —dijo Cole.

Admitir eso no era fácil porque tenía la impresión de encontrarse en desventaja. Nunca había vuelto a dejar que una mujer controlase sus emociones desde Tamera y no estaba dispuesto a otorgarle ese privilegio otra vez. Aunque la ruptura no hubiera sido culpa suya, la situación le había dejado un amargo sabor de boca.

Ella lo miraba fijamente, sus ojos azules brillantes. Cole prácticamente podía leer sus pensamientos y sabía que no tenían nada que ver con el proyecto.

—Va a ser más difícil de lo que había pensado —Tamera se puso en pie de repente.

—¿Qué?

—Sabía que el pasado se interpondría tarde o temprano en la conversación, pero no esperaba que fuese tan incómodo.

Cole se levantó también, sorprendido.

—Si no puedes soportarlo deberías habérselo dicho a Victor antes de firmar el contrato.

—Puedo soportarlo, no te preocupes —replicó ella, tomando su maletín—. He dicho que es incómodo, nada más.

—Ya, seguro.

—Sí, seguro. Verte después de tanto tiempo y actuar como si no pasara nada… por no decir que éste es mi primer proyecto como directora de la empresa.

–Enhorabuena, por cierto –dijo él entonces, intentando aliviar la tensión–. No sabía que tu padre se hubiese retirado.

Cole se sorprendió al ver que se ponía pálida.

¿Por qué?

–¿Qué ocurre? ¿Qué he dicho?

Tamera sacudió la cabeza.

–Nada, nada, es que no quiero decepcionar a mi padre. Muchas cosas dependen de este proyecto.

No, había algo más, estaba seguro. Cole la conocía lo suficiente como para saber que estaba escondiendo algo. Tendría que averiguar qué estaba pasando con Walter Stevens. Tamera había estado perfectamente serena hasta que mencionó a su padre… además, era muy extraño que no supiera nada de su retiro. ¿Sería cierto o le habría ocurrido algo?

–En realidad, me gustaría que empezásemos a trabajar lo antes posible –dijo ella entonces.

–Ningún problema. Cuando antes empecemos con el proyecto antes podremos empezar la obra y, con un poco de suerte, lo tendremos finalizado en fecha.

–Eso sería asombroso.

–Si te da miedo defraudar al cliente, ¿por qué no le pides consejo a tu padre? Seguro que estará encantado de ayudarte. Incluso podría volver al trabajo para un proyecto tan importante.

Walter haría cualquier cosa por su hija, pensó Cole, incluyendo amenazar a su prometido sin importarle que, en el proceso, le rompiera el corazón a Tamera.

La idea de volver a ver a Walter Stevens encendía su sangre, pero si tuviera que verlo aprovecharía la oportunidad para demostrarle al canalla de qué estaba hecho.

–No quiero hablar de mi padre, Cole.

Entonces ocurría algo, definitivamente.

–Tam...

A la porra el pasado, el presente y el futuro. Al menos debería mostrase preocupado. ¿De qué otro modo iba a conseguir lo que quería? Necesitaba que confiase en él, especialmente ahora, para descubrir la razón de la sospechosa jubilación de Walter Stevens precisamente cuando habían conseguido el proyecto más importante de sus vidas.

Cole puso una mano sobre su hombro y apretó suavemente.

–Sea lo que sea, olvídalo. No podemos dejar que nuestra vida personal interfiera con el trabajo.

Tamera tenía los ojos ligeramente empañados, pero la barbilla desafiantemente levantada.

–No te preocupes por mí, puedo controlar mis emociones. De este encargo dependen más cosas de las que puedas imaginar.

Como si a él no le pasara lo mismo. La reputación de su gabinete estaba en juego.

–Pero te lo suplico –añadió Tamera–. No me hagas recordar el pasado. Sencillamente, no quiero hacerlo. No tengo energía para luchar contra eso ahora.

Cole asintió con la cabeza.

–Te doy mi palabra.

Ella dejó escapar una risita irónica.

–Tu palabra no significa nada para mí. Concéntrate en el trabajo y nada más.

Cada vez más intrigado, Cole la dejó ir. Pero sabía sin la menor duda que Tamera tenía algún problema. Que hubiera estado a punto de ponerse a llorar delante de él dejaba bien claro que ocurría algo muy serio.

Capítulo Cuatro

–Distinguido, pero atrevido y elegante a la vez.
Tamera asintió con la cabeza.

–La elegancia del viejo mundo.

–Perfecto –dijo Cole.

Recibir halagos no debería hacerla sentir tan nerviosa como una colegiala, pero así era.

Entre la enfermedad de su padre y el estrés de intentar perfeccionar un proyecto que podría ser su salto a la gloria en el mundo de la arquitectura, los halagos eran bien recibidos. Aunque los hiciese el único hombre que le había roto el corazón.

Cole se echó hacia atrás en el sillón de cuero.

–Cuéntame más sobre tu idea.

Tamera sacó un papel de dibujo y lo colocó sobre la mesa, en el despacho del yate.

–Como estamos en Miami, deberíamos usar piedra blanca, columnas y arcos, pero de gran tamaño –le dijo, haciendo rápidamente unos bocetos sobre el papel–. Tiene que ser algo grandioso, refinado, con el glamour de *Casablanca*. Debería haber dos escaleras, una en cada dirección, que se unieran arriba, en la entrada del hotel. Columnas grandes, tal vez cubiertas de hiedra... y elegantes lámparas.

–Asombroso.

Tamera levantó la cabeza. Cole estaba a su lado, a unos centímetros, mirando su boca.

–¿Te gusta?

–Me gusta todo lo que veo.

Ella se pasó la lengua por los labios, pero se arrepintió al ver que el inocente gesto despertaba una reacción. Lo último que quería era aumentar la tensión sexual que había entre ellos. ¿No había dado Cole su palabra de no tocar el pasado? Bueno, en realidad no había dicho nada, pero el brillo de sus ojos la llevaba de vuelta a un tiempo en el que no quería pensar.

–Háblame de tu idea –lo animó, intentando mostrarse profesional. Si no lo hacía, estaba en peligro de ser arrastrada por esa intensa mirada y por el aroma de su colonia masculina.

–Limpio, sin fallos, perfecto.

–Entonces estamos en la misma onda. Voy a hacer unos bocetos y volveremos a vernos en un par de días, si te parece.

Tamera se volvió para recoger sus cosas, pero al hacerlo chocó con Cole. Él no le dejaba espacio para maniobrar y estaba sólo a unos centímetros.

Maravilloso. Tenía que enfrentarse a esa sombra de barba tan sexy, a los anchos hombros, a esa maldita colonia que parecía rodearla como si la estuviera abrazando. Y ella sabía muy bien cómo eran esos brazos.

–Aquí hay de todo para hacer bocetos. No tienes que marcharte.

Tamera lo miró a los ojos.

–Los dos sabemos que sí.

–Si te encuentras incómoda…

–¿Incómoda? –Tamera levantó una ceja–. No estoy incómoda, pero yo soy una profesional.

Cole sonrió, burlón.

–Quieres decir que yo no lo soy.

Tamera se limitó a encogerse de hombros mientras recogía sus cosas, pero antes de que pudiese llegar a la puerta, Cole la tomó del brazo.

–Vamos a quitarnos esto de encima de una vez –le dijo, airado–. El gabinete Marcum tiene una reputación impecable, por eso hemos conseguido este encargo. Y yo siempre he sido profesional. Admito que trabajar contigo es una dificultad… soy humano y tú sigues siendo increíblemente sexy, así que no puedo evitar sentirme atraído por ti. No pienso hacer nada al respecto, pero tampoco tengo intención de ocultarlo.

Tamera iba a pasarse la lengua por los labios, pero se contuvo a tiempo. No le daría más munición, pensó.

Sabía que debía recuperar el control, pero estuvo a punto de reír de la ironía. Aquello era por lo que siempre habían luchado: por llevar el control. Algunas cosas, aunque no le gustase admitirlo, no cambiaban nunca.

–Que yo te parezca atractiva es algo con lo que tendrás que lidiar por tu cuenta –le dijo. Aunque la idea la hiciese temblar, Cole seguía siendo un canalla sin corazón y no debía olvidarlo–. Yo sólo estoy aquí para trabajar. Tengo demasiadas complicaciones en este momento como para pensar en nada más. Le diré a mi ayudante que llame a la tuya para acordar una cita –añadió, soltándose de un tirón.

Antes de que pudiese llamarla o sujetarla de nuevo, Tamera subió la escalerita que llevaba a cubierta. Si volvía a tocarla o a mirarla de esa forma acabaría volviéndose loca. Porque quisiera o no, Cole Marcum era más sexy que nunca y había soñado con él durante años. Y el éxito profesional aumentaba su atractivo.

¿Por qué tenía el destino que burlarse de ella? ¿Por qué había tenido Cole que volver a su vida en aquel momento, cuando era más vulnerable? Si insistía en tocarla podría dejarse llevar por el deseo...

¿Seguiría mostrándose tan seguro de sí mismo entonces? Si lo sorprendía diciéndole que podía tomar lo que quisiera, ¿lo haría?

Sólo por una vez le gustaría volver a estar con él. Olvidar en sus brazos todas sus preocupaciones, todos sus miedos.

No, imposible. Necesitaba los brazos de un hombre a quien le importase que ella fuese feliz o infeliz.

Pero ésos eran sueños que había abandonado muchos años antes. Si Cole le ofrecía algo no sería más que una aventura pasajera y ella no tenía ni tiempo ni energía para lidiar con eso.

Pero ya que iban a tener que pasar tiempo juntos de forma inevitable, ¿por qué no dar rienda suelta a sus deseos? Sí, Cole y ella compartían un pasado y eran dos personas muy diferentes ahora, pero seguían sintiéndose atraídos el uno por el otro. Ni siquiera ella podía negarlo.

Tamera pisó el acelerador de su BMW para llegar a casa lo antes posible. Muy bien, si Cole seguía insinuando que debían explorar la pasión que aún sentían el uno por el otro, lo dejaría al descubierto.

Entonces se daría cuenta que ella llevaba el control de la situación.

—Sí, muy bien, pasaré mañana por allí para firmar los papeles.

Cole estaba en la puerta del despacho de Tamera, escuchándola hablar por teléfono y esperando que se volviera.

Era la belleza personificada, pensó. Con la cabeza apoyada en el respaldo del sillón, el cabello rubio sujeto en un moño desordenado...

—Quiero que sea lo menos doloroso posible para él.

Cole frunció el ceño. ¿A quién se refería? Evidentemente, era una llamada de índole personal, de modo que debería alejarse discretamente.

Pero no lo hizo.

¿Podría ser aquél el secreto que había querido descubrir sobre Walter Stevens o habría otro hombre en su vida? Una pena si fuera así porque deseaba acostarse con Tamera. Y lo haría. El otro hombre tendría que apartarse porque él no tenía intención de hacerlo.

—Agradezco mucho tu ayuda... sí, sabíamos que esto iba a pasar, pero saberlo y vivirlo en primera persona son dos cosas diferentes. Muy bien, nos vemos mañana a primera hora.

Cole se aclaró la garganta cuando Tamera estaba colgando el teléfono. De saber que había estado escuchando le diría que era un grosero y esperaría que se disculpase. Algo que no estaba dispuesto a hacer.

–Veo que sigues trabajando hasta muy tarde.

Aunque no lamentaba haberse quedado escuchando la conversación, sí lamentó ver que Tamera tenía ojeras y un brillo de profunda tristeza en sus preciosos ojos azules.

–¿Cómo has entrado? –le preguntó ella, levantándose.

–Tu ayudante me abrió antes de marcharse –Cole atravesó la elegante alfombra blanca para colocarse frente a su escritorio–. Le he dicho que teníamos una reunión.

Tamera se cruzó de brazos, pero el inocente gesto hizo cosas asombrosas por su busto. Aunque, definitivamente, ése era un pensamiento que tendría que guardarse para sí mismo.

–Pero no tenemos una reunión –le recordó ella.

–No, es verdad. Por eso podríamos ir a cenar.

–No estamos saliendo juntos, Cole.

No, él no quería nada tan complicado.

–Es la hora de la cena y mientras comemos podríamos seguir compartiendo ideas para el proyecto.

–No llevas ninguna carpeta en la mano.

–Están en el coche –Cole sonrió–. ¿Vienes o no?

Suspirando, Tamera levantó las manos en un gesto de rendición.

–Muy bien, de acuerdo. Pero quiero imprimir

unos bocetos que tengo en el ordenador. Dime dónde vamos y nos encontraremos allí.

–Prefiero que vayamos juntos, en mi coche.

Ella lo miró, desafiante, pero Cole mantuvo su mirada. No pensaba dejarla conducir porque parecía agotada. De hecho, a punto de desmayarse.

Seducirla sería fácil esa noche, pensó.

Y lo deseaba como nunca. ¿Pero cómo iba a aprovecharse de ella en esas condiciones?

Maldita fuera, ¿por qué tenía tantos escrúpulos? Especialmente cuando ella no parecía apreciarlos en absoluto.

–Muy bien, pero no creas que es algo más que una cena de trabajo –dijo Tamera, acercándose al sofá para tomar su bolso–. Ve a buscar tu coche al aparcamiento, nos vemos en la puerta.

–Muy bien, hasta ahora.

Tam tenía que darse cuenta de que la atracción que había habido entre ellos en el pasado era tan fuerte que nunca había desaparecido del todo, por mucho que él quisiera que fuese así.

Había pensado que Tamera Stevens estaba fuera de su vida para siempre, pero desde el momento que la vio entrar en el despacho de Victor Lawson no podía dejar de pensar en ella.

Alcohol, mujeres, dinero y deportivos lo habían ayudado a recuperarse del daño que Walter Stevens le había hecho, del dolor que le había causado.

El padre de Tamera le había dado un ultimátum: perder su beca o perderla a ella. De haber tenido dinero para pagarse el último año de carrera jamás la habría dejado, pero como tanto sus hermanos como él dependían de esas becas, no podía arriesgarse. Ellos no tenían nada más que la vieja casa en la que su abuela los había criado tras la muerte de sus padres en un accidente de coche.

Cole pulsó el mando a distancia de su lujoso monovolumen. Mientras se sentaba tras el volante recordó los días que siguieron a la ruptura. Había sido cruel a propósito con Tamera para que no intentase convencerlo porque Dios sabía que si lo hubiera hecho… si le hubiera suplicado le habría dicho adiós a la beca, a sus estudios, a todo.

Aunque muchas veces se había preguntado si no era eso lo que debería haber hecho.

Pero, al final, no podía quejarse. Había levantado un gabinete de arquitectos famoso en todo el país, un negocio millonario con Zach y Kayla. De no haber sido por el ultimátum de Walter Stevens tal vez nunca habría triunfado.

Y ahora que era un hombre de éxito, podía volver con Tamera.

Cole detuvo el coche frente al edificio Stevens, donde ella lo esperaba con su clásica blusa verde y una falda gris que le llegaba por las rodillas, la suave brisa de Miami moviendo su pelo. Era irresistible, desde luego.

Cole tragó saliva. Dos veces.

Irresistible o no, había tomado la decisión acertada al decirle adiós.

Capítulo Cinco

Debería haber imaginado que Cole elegiría el restaurante más lujoso de South Beach. Por no decir uno en el que hacía falta reservar con un mes de antelación. Por supuesto, en cuanto esbozó una de sus sonrisas, la simpática camarera, que no debía tener más de veinte años, encontró una mesa para ellos.

El engreído siempre se salía con la suya.

—Podríamos haber hecho esto en mi despacho —dijo Tamera, mientras se sentaba a la mesa, en una esquina del restaurante.

—Podríamos, es verdad. Pero yo tengo hambre y si sigues haciendo lo que hacías antes, seguro que te has saltado el almuerzo.

—Deja de recordar esas cosas.

—¿A qué te refieres?

—Me llevas de vuelta al pasado cada vez que estamos juntos. Fuimos novios, rompimos y yo he seguido adelante con mi vida. No hay nada más que decir.

Cole tomó su mano y miró su dedo anular, sin anillos.

—No parece que hayas seguido adelante con tu vida.

Ella apartó la mano, enfadada.

—Eso no es de tu incumbencia. Además, tú me dejaste, ¿recuerdas?

Aquélla tenía que ser una conversación de trabajo y nada más. Porque si empezaba a pensar en el escalofrío que la había recorrido cuando tocó su mano acabaría pidiéndole que la llevara a su casa.

Qué patético. Aquel hombre había destrozado su ilusión de vivir felices para siempre y, aun así, su cuerpo la traicionaba. ¿De qué lado estaban sus hormonas? Del lado de Cole, por lo visto.

La camarera tomó nota de lo que querían beber y, mientras esperaban, Tamera intentó no mirarlo.

—Come un poco de pan. No puedo concentrarme en el trabajo si tu estómago hace ruidos —bromeó Cole.

De nuevo estaba preocupándose por ella y Tamera casi estuvo a punto de preguntarle qué le había pasado once años antes. ¿No merecía una explicación? ¿Después de haberle dedicado dos años de su vida no merecía algún tipo de cortesía antes de dejarla?

—Espero que el ceño fruncido no tenga que ver con el boceto que estás a punto de mostrarme —la voz de Cole la devolvió al presente.

—No, no es el boceto. El ceño fruncido es debido a la compañía.

Afortunadamente, Cole no dijo nada.

—Buenas noches.

El hermano gemelo de Cole, Zach, estaba frente a la mesa con una rubia pechugona. Era tan exótico y tan guapo como Cole, con los mismos ojos oscuros, el pelo negro y la piel morena. Pero Zach siempre había sido más seco, más adusto.

—Hola —dijo Cole.

—¿Una reunión de trabajo?

—Sí —contestó él cuando Tamera permaneció callada.

No tenía sentido mostrarse familiar con Zach. Aunque verlo la hacía recordar un tiempo en el que salían con él y su novia del momento.

Entonces eran personas tan diferentes.

—¿El proyecto Lawson?

—Es el único proyecto que me interesa ahora mismo —respondió Cole.

—Me alegro de volver a verte, Tamera. ¿Cómo estás?

—Bien, gracias.

Al final, no pudo evitar una sonrisa. Zach había sido casi como un hermano para ella, pero entendía por qué tenía tanto éxito con las mujeres. Los Marcum eran irresistibles.

—Bueno, os dejo trabajar. Nos vemos en la oficina, Cole. Tam, ha sido un placer.

Zach se alejó con la rubia hacia una mesa al fondo del restaurante y Tamera no pudo dejar de preguntarse cómo sería no dejarse enredar por las emociones. ¿Cómo sería dejarse llevar por el momento sin pensar en nada más?

—Esa mirada soñadora es mucho más agradable que el ceño fruncido —comentó Cole. Su cálido aliento acariciando su hombro por encima de la blusa.

—Sólo estaba recordando…

—¿A mi hermano?

Tamera lo miró, molesta.

–¿Celoso? Muy bien, si tanto insistes en recordar el pasado, vamos a poner las cartas sobre la mesa. Tú rompiste nuestro compromiso. Tú me dejaste sin darme explicación alguna.

Cole levantó una mano…

–No, las razones que me diste entonces no eran más que excusas tontas. Y ahora no importan, importaban hace once años. Si tanto te preocupa mi vida privada, pregúntame. Pero si decido contestar seguramente no te gustará mi respuesta. He salido con otros hombres desde que me dejaste, Cole. Incluso me he acostado con algunos.

En realidad sólo lo había hecho un par de veces, pero él no tenía por qué saberlo.

–Seguro que también tú has salido con otras mujeres. La vida es así. Pero estoy harta de insinuaciones. ¿Podemos seguir adelante y trabajar en este proyecto olvidándonos del pasado? Seguro que el señor Lawson nos lo agradecería mucho.

Cole sonrió. ¡Tuvo el descaro de sonreír!

–Tus ojos siguen volviéndose fríos como el hielo cuando te enfadas. Y es tan sexy como antes.

–¿Es que no me estás escuchando? –le espetó ella, furiosa.

–Sí, claro que te he escuchado, pero también yo tengo algo que decir –Cole apartó un mechón de pelo de su frente–. Sigo deseándote, Tam. Y sé que tú también me deseas. Puedo verlo en tus ojos y no creas que no he notado cómo te muerdes los labios…

–¿Qué tiene eso que ver?

–Que sólo lo haces cuando estás nerviosa o excitada.

Tamera se apartó como si la hubiera abofeteado y, afortunadamente, la camarera eligió ese momento para volver con las bebidas.

–No voy a quedarme –dijo Tamera cuando la joven se alejó–. Llamaré a tu ayudante para concertar una reunión. En mi oficina.

Antes de que Cole pudiese decidir algo se levantó y salió del restaurante. Zach y la rubia ni siquiera se dieron cuenta de su partida porque estaban demasiado ocupados abrazándose.

Y, afortunadamente, había ido allí en su coche. Le resultaba imposible seguir al lado de Cole y su tremendo ego… sencillamente, no había sitio para los dos.

¿Por qué tenía que encontrar esa seguridad tan atractiva? ¿No había aprendido la lección la primera vez?

Tamera tiró el ordenador sobre el asiento del pasajero y se sentó frente al volante, suspirando. Si creyera, aunque fuese por un momento, que Cole había cambiado, que podía consolarla o ayudarla en aquel momento, cuando su padre estaba a punto de morir, aprovecharía la oportunidad.

Pero Cole no estaba ofreciéndole su amistad y, sencillamente, ella no iba a aceptar otra cosa.

Una habitación blanca y esterilizada no era lo que Tamera quería para los últimos días de su padre. Afortunadamente, la enfermera no estaba mintiendo cuando le dijo que no parecía una habitación de hospital.

El suelo estaba enmoquetado y había dos camas, una pequeña cocina, dos sillones, una cómoda y una televisión. Y los pacientes podían llevar objetos personales para sentirse más cómodos.

A pesar de todo, firmar el documento de ingreso fue una de las cosas más difíciles que Tamera había tenido que hacer en su vida.

Pero debía enfrentarse con la realidad: su padre no iba a ponerse mejor. A veces olvidaba si la enfermera le había tomado la tensión, por qué no estaba en casa e incluso los nombres de personas a las que conocía de toda la vida.

Nada en aquella situación era fácil y tenía la horrible impresión de que las cosas iban a empeorar.

Después de hablar con la enfermera, Tamera volvió a entrar en la habitación para comprobar que su padre estaba dormido antes de irse a casa. Estaba agotada de tanto ir y venir llevando cosas personales para que la habitación tuviese un aspecto acogedor, pero haría todo lo que pudiese para que, al menos, estuviera cómodo.

Después de apagar la televisión se quedó en silencio mirando al hombre que una vez había sido uno de los arquitectos más famosos y admirados del país. Ahora era un hombre pálido, frágil. Resultaba casi imposible creer que fuera su padre y se le hizo un nudo en la garganta. Lo daría todo, las casas, los yates, los coches, la fortuna que habían acumulado los Stevens si el cáncer de su padre desapareciera.

Después de arroparlo con la manta, Tamera se inclinó para darle un beso en la frente.

Seguramente no despertaría hasta la mañana siguiente, de modo que tal vez también ella podría dormir de un tirón esa noche. Y lo necesitaba para lidiar con Cole y Victor Lawson porque no sabía cuál de los dos hombres le daba más miedo.

No, en realidad sabía muy bien quién era.

Cuando salió del hospital, la brisa de abril, sorprendentemente fresca, la recibió en la puerta, haciéndola temblar.

Odiaba esos días de frío, que eran pocos en Miami, porque ella prefería el calor. Lo único que quería en aquel momento era llegar a casa, ponerse un chándal y leer un buen libro en el sofá donde, con un poco de suerte, podría perderse en alguna fantasía y dejar atrás los problemas durante unos minutos.

Desgraciadamente, cuando llegó a casa se encontró con uno de sus problemas esperándola en otro deportivo. ¿Cuántos coches tenía aquel hombre?

El Lincoln negro podría ser de un agente del FBI o de un potentado. Pero ella preferiría enfrentarse al FBI.

Aquello era lo último que necesitaba esa noche. No quería hablar del proyecto Lawson y no quería hablar con Cole. No tenía energías para pelearse con él.

Tamera dejó escapar un suspiro. Conociéndolo, no se marcharía hasta que hubiera dicho lo que tenía que decir, de modo que salió del coche.

—He llamado a tu oficina y me han dicho que te habías marchado.

–Sí, ya lo ves –murmuró ella, marcando el código de seguridad de la alarma–. Tenía otras cosas que hacer.

–¿Quién está en el hospital?

Tamera dejó escapar un suspiro de agotamiento mientras abría la puerta.

–¿Qué quieres, Cole?

–Tu padre está en el hospital, ¿verdad?

Claro, lo había adivinado. Cole no era tonto y su silencio sencillamente le daba la razón.

–Imaginaba que ocurría algo, pero no tenía ni idea… ¿Por qué no me lo habías dicho?

–¿Por qué iba a decírtelo? ¿Te importa acaso o quieres usarlo contra mí?

Demasiado disgustada como para mirarlo, Tamera se dio la vuelta para dirigirse al salón. No quería hablar con él. ¿No se daba cuenta?

Pero Cole la tomó del brazo.

–Te sorprendería saber las cosas que me importan. Da igual cómo terminase lo nuestro, Tamera, no quiero verte sufrir.

–Entonces lo mejor será que te marches.

Capítulo Seis

Si le hubiesen temblado los labios, si hubiera visto un brillo de lágrimas en sus ojos, Cole se habría marchado para que llorase a gusto. Pero su gesto desafiante y las sombras bajo sus ojos le confirmaban que estaba totalmente agotada, de modo que no podía marcharse. No podía irse cuando Tamera estaba a punto de romperse.

Maldita fuera, siempre había sido un caballero andante buscando damiselas en apuros, especialmente las guapas y vulnerables. Y aunque odiaba a Walter Stevens, no quería ver a Tam tan disgustada.

De modo que tomó su brazo para sentarla en el sofá. No sabía qué lo extrañaba más, que hubiera podido esconder el hecho de que su padre estaba en el hospital o que hubiera sido capaz de ocultárselo a todo el mundo.

–¿Está muy enfermo?

–Sí –contestó ella, sin mirarlo.

–¿Cuánto tiempo le queda?

–No mucho.

Al menos contestaba, pensó Cole, aunque no lo mirase.

–Y tú te encargas de todo, ¿verdad? Del gabinete, de tu padre, de mantener su enfermedad en secreto… trabajas más horas de las normales para que los clientes no sepan nada.

Tamera asintió con la cabeza, dejando que una lágrima rodase por su rostro. Y cuando Cole levantó una mano para apartar esa lágrima con la yema del dedo le sorprendió que se apoyase en él.

¿Cuánto tiempo habría mantenido el secreto? ¿Durante cuánto tiempo llevaría soportando esa carga? ¿Le habría pedido su padre que hiciera todo eso para no poner en peligro la reputación del gabinete Stevens?

Pero la enfermedad de Walter lo cambiaba todo. Aquello era algo que Zach y Kayla debían saber lo antes posible. No iba a dejar que el gabinete Stevens les llevase ventaja cuando podía aprovecharse de la situación.

Si los empresarios de Miami descubrían que Walter Stevens ya no dirigía su gabinete de arquitectura se lo pensarían dos veces antes de hacerles encargos, por muy bueno que fuese el trabajo de Tamera y su equipo.

Lo cual daba lugar a otra pregunta: ¿cuánto tiempo llevaba Tamera dirigiendo la empresa? Evidentemente, lo estaba haciendo bien o habría oído rumores, pero a la gente no le gustaban los cambios y tampoco les gustaba que les ocultasen cosas.

¿Y durante cuánto tiempo podría Tamera mantener las apariencias tras la muerte de su padre? Tal vez comprar el gabinete Stevens debería ser su prioridad en aquel momento, pensó.

Sí, con toda seguridad Zach y Kayla estarían de acuerdo.

—Esto es horrible, todo es horrible —estaba diciendo Tamera—. Es horrible que mi padre esté tan enfermo, que yo tenga que encargarme de todo, que tú hayas venido precisamente esta noche…

—Pues yo me alegro de haberlo hecho.

Y así era. Aquella información podría beneficiar a su gabinete, convirtiéndolo en el más importante de Miami.

—¿Tan malo es apoyarse en alguien un momento?

—Aprendí hace mucho tiempo a no apoyarme en nadie —dijo ella.

Cole no quiso preguntar a qué se refería porque no tenía que hacerlo. La había decepcionado una vez y Tamera ya no confiaba en nadie. No sólo lo entendía, sino que lo respetaba. Estaba en guardia y seguramente era lo más seguro.

Si supiera que todo lo que hacía era por el proyecto y que estaba utilizando eso para meterse en su cama lo echaría de allí a patadas.

Sin embargo, ahora que había descubierto la enfermedad de Walter debía permanecer a su lado para comprar el grupo Stevens cuando llegase la oportunidad. Pero Tamera debía creer que vender la empresa era la única salida y que era su propia idea.

Además, también debería aprovechar todo lo que ofrecía Miami y tal vez deberían ir a tomar una copa, para relajarse.

—Tranquila —le dijo—. Sólo soy un amigo que te está ayudando a soportar un mal día.

—Tú no eres mi amigo.

Estaba protestando de palabra, pero seguía apoyada en él y Cole sintió que empezaba a relajarse.

–¿Por qué estás aquí? –insistió ella.

–Porque lo estás pasando mal. ¿Crees que no tengo corazón?

Tamera no contestó y él no dijo nada. Permaneció en silencio, oyéndola respirar suavemente… hasta que se dio cuenta de que estaba dormida.

Cole sonrió. Tener a Tam dormida entre sus brazos era mejor de lo que había esperado. Enfermo o no, si Walter Stevens pudiese verlos en ese momento seguramente se moriría.

Once años atrás le había hecho daño a propósito para que se olvidase de él. Y entonces también había llorado…

¿Qué esperaba cuando le dijo el consabido: «no eres tú, soy yo»? En realidad, había sido él. De haber tenido dinero no se habría preocupado por las malditas becas. Pero no podía dejar a sus hermanos sin estudios.

Sin embargo, era un momento que lo había perseguido desde entonces. No sólo no había sido capaz de dar la cara por la mujer de la que estaba enamorado, tampoco había sido capaz de dar la cara por sí mismo.

Cole odiaba admitir lo débil que había sido, aunque ésa era la verdad.

Pero no había ninguna razón para que Tam no lo viese ahora por el hombre que era. Abrazarla así sólo hacía que la deseara más y quería explorar la atracción sexual que seguía existiendo entre los dos.

Tamera se movió un poco entonces, suspirando.

Tendría que ganarse su confianza si quería que le vendiera la empresa. Pero sabía que su plan tenía muchos fallos. Por ejemplo, que Tamera era una arquitecta fuerte, segura de sí misma. Convencerla para que vendiese no iba a ser fácil.

Entonces miró alrededor, pensativo. Era un salón elegante, con una alfombra persa y muebles de estilo…

Le sorprendió ver un diploma en una de las paredes. Tamera pertenecía a la asociación «Pide Un Deseo». Colgando del diploma había una tarjeta hecha por un niño, con una carita sonriente sobre un arco iris. Y, escrito en letra infantil, decía: *Gracias*.

¿Qué había hecho Tamera en esos once años?, se preguntó. ¿Habría vuelto a enamorarse? ¿Se habría involucrado su padre en sus romances como había hecho con el suyo? Ninguna de esas preguntas tenía respuesta por el momento y, en realidad, no la merecía. Además, no debería importarle.

Tamera volvió a moverse entonces…

—¿Cole? —murmuró, medio dormida—. ¿Qué hora es?

Cole miró un reloj que había sobre la mesita, iluminado por una lámpara Tiffany.

—Medianoche.

Tamera se incorporó, apartando el flequillo de su cara.

—Perdona, no quería quedarme dormida encima de ti.

—Tienes que descansar.

—¿Por qué no te has ido?

—Marcharse a escondidas es de cobardes. Yo afronto los problemas de frente.

Ella lo miró, pensativa.

–No deberías estar aquí.

–¿Por lo que sentimos el uno por el otro?

–Vamos a trabajar juntos durante un tiempo, nada más. No puedo concentrarme en atender a mi padre, en este proyecto y en ti al mismo tiempo.

–Entonces no lo hagas –dijo él, apretando su mano–. Concéntrate en esto nada más.

Luego, de manera posesiva, se apoderó de sus labios. Quería besarla con todas las fibras de su ser, pero debía tener cuidado. Tamera necesitaba consuelo y sería él quien se lo ofreciera.

Pero cuando Tamera entreabrió los labios, Cole supo que todo lo que habían compartido antes no era nada comparado con la intensidad de aquel momento. En su casa, en su territorio, supo que Tamera podía relajarse estando con él. La luz suave, la hora, todo estaba a su favor. No sonaba el teléfono, nadie los molestaría.

Y debían rendirse a lo inevitable.

Cole tomó su cara entre las manos para besarla mejor y Tamera le echó los brazos al cuello. Su sabor, tan familiar, lo hacía perder la cabeza. Tam era la única mujer que había logrado despertar ese deseo que mantenía escondido.

Pero debía controlarse. No tenía nada que ofrecerle y aunque así fuera, sus corazones estaban demasiado dañados. Sólo quedaba el deseo, nada más. Y le parecía bien. En realidad, le parecía estupendo.

–No –murmuró ella entonces, apartándose.

–¿Qué ocurre?

–Esto es lo que ocurre –respondió Tamera–. No voy a hacerlo otra vez.

—No estoy tomando nada que tú no me hayas ofrecido, pero cualquier otra cosa aparte de este momento no importa.

Ella lo miró a los ojos.

—Todo lo que ocurre aparte de este momento es lo que importa. Una vez me rompiste el corazón, no voy a dejar que lo hagas de nuevo.

Cuando se levantó del sofá, Cole no intentó detenerla.

—¿Por qué no te dejas llevar por los sentimientos? —le preguntó unos segundos después, levantándose—. Yo no busco nada más allá de este momento.

Ella dejó escapar una risa sarcástica.

—Entonces es peor. Vete, por favor.

Ésas eran las palabras que Cole temía escuchar.

—No quiero dejarte sola.

Tamera se volvió para mirarlo, con lágrimas en los ojos.

—Verte, tocarte... es aún peor. Es demasiado familiar y no tengo la menor intención de mantener una relación contigo otra vez.

—Demasiado tarde.

—Cole, por favor...

A pesar del ruego, él la tomó por los hombros.

—Esta atracción no va a desaparecer, Tam, por mucho que intentes apartarme. Nuestro pasado no tiene nada que ver con esto.

—¿Te gusta presionarme? Dices que no quieres verme sufrir, pero sigues aquí cuando te he pedido que te vayas. Sigues intentando entrar en mi vida cuando sabes que yo no quiero que lo hagas. Si lamentas la decisión que tomaste hace once años lo siento, pero eso es algo con lo que tendrás que lidiar para siempre. Déjame sola, Cole.

Después de decir eso se sentó en el sofá, haciéndose una bola; la espalda rígida, la mirada dirigida hacia la ventana.

Y su silencio le dijo que no era el momento de insistir. Tamera tenía su orgullo y no conseguiría nada.

Con el corazón dolido por verla así, Cole decidió marchase. Pero seguiría con su plan de atacar a nivel profesional y a nivel personal.

Capítulo Siete

–Sí, señor Lawson, Cole y yo estamos yendo más rápido de lo que esperábamos con el proyecto.

Tamera se arrellanó en el sillón y levantó los ojos al cielo. No había necesidad de añadir que Cole iba más rápido de lo que ella había esperado con el lado personal del asunto.

–Me alegra saberlo –dijo Victor–. Y, por favor, llámame Victor.

–Muy bien.

–Me gustaría que nos viéramos los tres a finales de semana para ver lo que estáis haciendo. Prefiero involucrarme personalmente en los proyectos cuando se trata de una de mis propiedades.

Tendría que trabajar horas extra con Cole para darle una forma más definida si Lawson quería verlo tan pronto. Justo lo que le faltaba. Trabajar juntos después de las horas de oficina, cuando no hubiese nadie más alrededor.

Perfecto.

–Le diré a mi ayudante que concierte una cita y llamaré a Cole. Estamos deseando enseñarte las ideas que tenemos.

Por el momento habían tenido una reunión en el yate de Cole, donde compartieron algunas ideas sobre el proyecto, una cena que al final no tuvo lugar y una reunión en su casa en la que no habían hablado en absoluto de trabajo.

—Gracias, Tamera. Estoy deseando ver los bocetos iniciales.

—Entonces nos vemos a finales de semana.

Tamera apoyó la cabeza en el escritorio después de colgar. Sus bocetos estaban casi terminados, de modo que tal vez podría enviárselos a Cole por fax. Pero antes tenía que hacer una llamada...

—Gabinete Marcum —contestó una voz femenina.

—Hola, soy Tamera Stevens. Quiero hablar con Cole Marcum, por favor.

—Un momento, señorita Stevens.

Cinco segundos después escuchaba la profunda y masculina voz de Cole.

—Dime, Tamera.

—Acabo de hablar con Victor y tenemos que vernos esta noche para hablar del proyecto porque quiere tener los primeros bocetos a finales de semana. Podemos vernos en mi oficina, si te parece.

—No, lo siento, tengo planes esta noche —dijo él.

Tamera apretó los dientes.

—Pues cancélalos. Tenemos mucho trabajo.

—¿Celosa, cariño? Me siento halagado.

Ella tuvo que contener el deseo de tirar el teléfono contra la pared.

—No he llamado para que te sientas halagado, seguro que tus amigas ya hacen eso por ti. Llamo por un asunto profesional, así que cancela tu cita.

—¿Y merecerá la pena? No, no me contestes, es una broma. Nos vemos en tu despacho a las seis.

Cole colgó sin decir una palabra más y Tamera se enfadó consigo misma por reaccionar como una adolescente celosa. ¿Por qué le importaba que hubiese quedado con otra mujer? Además, ni siquiera sabía si había quedado con otra mujer.

No podía permitirse pensar en Cole y en lo que hiciera en su tiempo libre. Ya tenía suficientes cosas en las que ocupar su mente y su corazón cada día.

¿Su corazón?

Genial, ahora pensaba poner su corazón en aquel proyecto. Justo lo que hacía falta.

Después de pedirle a su ayudante que no le pasara llamadas, encargó la cena a una empresa de catering antes de abrir el documento de diseño en su ordenador. Suspirando, se hizo un moño y se puso las gafas. Sólo tenía treinta y tres años y ya necesitaba gafas para leer, pero el trabajo era más importante que la belleza.

Durante media hora se dedicó a retocar el exterior para ampliar la entrada, con seis columnas de mármol. Sí, mármol. ¿Por qué no se le había ocurrido antes? El estilo mediterráneo, para darle un toque de elegancia del viejo mundo, sería bien recibido por Victor.

Su mente estaba ocupada en otra cosas, por eso no se le había ocurrido algo tan obvio.

Tenía que haber fuentes en la entrada, además, porque el efecto relajante del agua daría más sensación de fantasía.

Tamera se quitó los zapatos de Gucci y se acercó a la mesa de trabajo para ver los bocetos que había hecho antes de firmar el contrato. A veces el primer instinto era el más acertado.

–He llegado uno poco antes.

Tamera se dio la vuelta, sorprendida. Bueno, había una excepción a los primeros instintos, pensó al ver a Cole. A veces se equivocaban, especialmente en lo que se refería a aquel hombre.

–¿Qué hora es? –le preguntó.

–Las cuatro, pero no tenía más reuniones esta tarde. Ah, por cierto, Kayla me ha pedido que te salude de su parte. Tiene ganas de verte.

Tamera sonrió al pensar en su hermana pequeña.

–Dile que me llame o se pase por aquí. También a mí me gustaría verla.

Cole se acercó entonces y puso las manos sobre sus hombros.

–Era con ella con quien había quedado a cenar.

–Ah.

No se le ocurría nada más que decir. Era imposible pensar mientras sentía el calor de sus manos sobre los hombros.

–¿Sabes lo que he visto al entrar? Unos pies descalzos, ese pelo rubio alborotado, esas gafas que te dan un aspecto tan sexy…

¿Las gafas le daban un aspecto sexy?

–Tienes suerte de que fuera yo. Nunca había visto nada más sexy.

Cole buscó sus labios y Tamera no tuvo tiempo de pensar o reaccionar. Pero seguramente no lo habría detenido aunque pudiese. Y ésa debería ser una señal de alarma. La intimidad entre ellos crecía con cada encuentro.

–No vuelvas a decir que no hay atracción entre

nosotros –murmuró Cole, apartándose unos centímetros.

Y luego la soltó abruptamente, dejándola sorprendida.

Maldito fuera por hacerla olvidar sus prioridades. ¿Y por qué la había besado? ¿Qué quería demostrar, que podía meterse en su cama cuando quisiera?

Tamera se pasó una mano por la frente antes de acercarse al escritorio.

A partir de aquel momento no habría más besos ni más caricias. El escritorio y los bocetos estarían entre ellos en todo momento o corría el riesgo de dejarse llevar por el deseo de olvidarlo todo y dejar que Cole hiciera lo que los dos querían que hiciera.

Capítulo Ocho

Si Tamera quería una disculpa por lo que había pasado iba a tener que esperar mucho tiempo, pensó Cole. No había podido evitarlo. Al verla inclinada sobre la mesa de trabajo, con esas piernas tan preciosas…

Y por si eso no fuera suficiente para despertar su testosterona, luego se había dado la vuelta con esas gafitas de montura dorada, el pelo sujeto en un moño despeinado…

Técnicamente, era ella quien debería pedirle disculpas ya que desde el principio lo había torturado con su belleza, con su estilo, con su aspecto inocente.

Intentando controlarse, Cole se acercó a la mesa de trabajo para mirar los bocetos.

–Esto tiene buen aspecto –comentó, observando un boceto que se parecía mucho al que él tenía en mente.

–No recuerdo haber pedido tu aprobación –replicó ella.

Cole no fue tan tonto como para sonreír. Se daba cuenta de que estaba nerviosa. Mejor, porque ella lo tenía nervioso desde que la vio en el despacho de Victor Lawson.

–No te estaba dando mi aprobación. No sé por

qué, pero me sorprende que tu boceto se parezca tanto al mío.

—¿Y dónde está tu boceto, por cierto? Te recuerdo que has venido a una reunión de trabajo, no a manosearme otra vez.

—¿Manosearte? Cariño, ni siquiera he empezado a hacerlo, pero dime cuándo y estaré encantado.

Tamera lanzó un bufido que lo hizo reír.

—Eso no ha sido muy femenino.

—No me apetece ser muy femenina.

Cole se apoyó en la mesa, sin dejar de sonreír.

—Tus bocetos hechos a mano son mejores que los que yo tengo en el ordenador. Siempre fuiste muy artística.

Tamera se acercó a la mesa y empezó a mover el ratón.

—Tengo una versión más modernizada aquí, pero me relaja dibujar y últimamente me hace falta.

Cole la entendía bien, aunque no lo admitiría en voz alta.

—Perfecto, es exactamente lo que hablamos en el yate. Creo que has entendido perfectamente la idea de Victor.

Tamera sonrió, encantada.

—Gracias.

Cole tuvo que tragar saliva mientras ella volvía a mirar la pantalla del ordenador. Su sonrisa contenía auténtica emoción y lo único que había hecho era alabar un boceto...

Evidentemente, se parecían más de lo que le gustaría admitir porque nada le gustaba más que el halago de un cliente o alguien de su equipo.

El vínculo que ambos tenían con su trabajo era algo que no había tomado en consideración.

Tal vez estaba llevando el asunto en la dirección equivocada, pensó. Hablar de bocetos también podía ser sexy.

Estaban en Miami, una de las ciudades más emocionantes del mundo. Y la cantidad de gente guapa y rica que vivía allí aumentaba el atractivo. Además, ¿no había pedido Victor que el diseño del hotel fuera sexy? Los deseos de los clientes siempre eran lo primero.

–¿La entrada? –le preguntó, señalando un dibujo en la pantalla.

–Sí –contestó Tamera–. Techos de dibujo intricado con lámparas de araña… a mí me parece que harían falta tres, pero dejaremos ese detalle para Kayla.

–Buena idea –asintió él–. Kayla no soporta que yo me meta en su terreno.

Tamera volvió a pulsar el ratón para mostrarle el boceto de la primera planta.

–Aquí podrían estar las oficinas, las salas de reuniones, el gimnasio, la sauna.

–¿Y el salón de baile? –preguntó Cole.

–Lo he puesto en la última planta, con acceso al tejado, donde espero que Kayla cree una especie de jardín botánico –respondió ella, buscando ese boceto–. Aparte del diseño de interiores, sé que le encanta la jardinería.

Cole estaba asombrado por lo detallado de los bocetos que había hecho desde que se vieron en el yate, sobre todo teniendo en cuenta la situación de su padre. Aunque sabía que era su enfermedad la razón por la que trabajaba tanto.

–Hablaré con mi hermana –le dijo–. Aunque seguro que ya ha empezado a pensar en todos los aspectos de este proyecto. Quiere complacer a Victor, pero se siente un poco intimidada.

–No tiene por qué, es una decoradora estupenda –Tamera buscó otro boceto–. Mira, aquí está la primera planta. Creo que debería ser sencilla, ya que Victor quiere que las habitaciones sean prácticamente suites. He puesto doce habitaciones en las primeras seis plantas y las ocho de en medio tendrán cocina. Las suites luna de miel están en las últimas tres plantas para que las parejas tengan privacidad y una vista maravillosa.

–Estoy impresionado, Tam.

Tamera sonrió entonces con esa sonrisa que había conseguido encogerle el corazón once años atrás. Pero sería mejor controlarse porque él no quería saber nada de relaciones o compromisos, pensó.

Sin embargo, ¿cómo era posible que nadie hubiese capturado el corazón de Tamera en once años? ¿Tan ocupada estaba con su trabajo? Podía entender que se esforzase como lo hacía él, pero no entendía que no hubiese encontrado tiempo para algún hombre.

–Gracias, esperaba que te gustase. He intentado seguir las indicaciones de Victor y he añadido algunos toques personales.

Cole asintió con la cabeza.

–Ahora tenemos que hacer los planos detallados de la estructura.

Un golpecito en la puerta del despacho hizo que

los dos se volvieran para ver a su ayudante empujando un carrito con la cena.

–Gracias, María. Ya puedes irte si quieres, el señor Marcum y yo nos quedaremos hasta muy tarde trabajando.

María sonrió.

–Hasta mañana entonces.

Cuando la ayudante cerró la puerta, Cole carraspeó. ¿Iban a estar solos a partir de entonces y tenían que concentrarse en los bocetos?

–Esto huele muy bien –comentó Tamera, levantando la tapa de una bandeja–. Y yo estoy muerta de hambre.

También él tenía hambre. Pero no de comida.

Pero no quería meter la pata cuando se trataba del mayor proyecto de su vida sólo por ser incapaz de controlar sus hormonas.

Tamera tomó un trozo de piña y clavó en él los dientes, dejando escapar un suspiro. Maravilloso, sencillamente maravilloso. Verla morder un pedazo de fruta y oírla suspirar no iba a ayudarlo a mantener sus hormonas bajo control.

¿Había suspirado?, se preguntó Tamera. Porque no quería hacerlo.

Después de tragar el pedazo de piña se volvió hacia Cole, que estaba mirándola con los ojos entrecerrados. De modo que había notado el suspiro…

–Podemos comer aquí, si quieres –le dijo, llevando su plato hacia una mesa frente a la ventana.

–¿Tenías mucho hambre cuando pediste la cena

o pretendes tenerme aquí encerrado hasta que se inaugure el hotel?

Tamera soltó una carcajada.

—Lo siento, es que todo sonaba tan bien... pero ahora me doy cuenta de que he pedido muchísimo.

Fruta fresca, gambas, rollitos vegetales, pollo, vino.

Bueno, tal vez había querido mantener allí a Cole. Lo deseaba y no había nada malo en ello. ¿Habría una sola mujer en el mundo que no deseara a un hombre alto, moreno, de hombros anchos y con ese aspecto tan exótico?

¿Era culpa suya tener tan buena memoria y recordar las noches que habían pasado juntos once años atrás? No, no lo era.

Ella era una mujer normal, con deseos normales. Pero eso no significaba que fuese a dejarse llevar por sus deseos.

Fin de la historia.

—No sabía que fueras miembro de la Fundación «Pide Un Deseo».

Tamera lo miró, sorprendida.

—¿Cómo sabes eso?

—Vi un diploma en tu salón, con una tarjetita hecha por un niño.

Ella apretó los labios, emocionada.

—Emily me hizo esa tarjeta dos semanas antes de morir.

Cole se sentó frente a ella y apretó su mano.

—Lo siento. No quería recordarte cosas tristes.

—No pasa nada. Emily era maravillosa, tan dulce... —Tamera recordó los rizos rubios y los ojitos azules de la niña de seis años–. Ella también me llamaba Tam porque le resultaba difícil pronunciar mi nombre completo. Es la única persona, además de ti, que me ha llamado así nunca.

–Déjalo, no tienes que contármelo. No quiero ponerte triste.

Tamera negó con la cabeza.

–Nos conocimos cuando me llamaron de la Fundación para pedir un donativo. A mí me encantan los niños, así que llevé el cheque personalmente a la oficina y allí estaba Emily con su madre. La niña tenía una expresión tan esperanzada. Su madre, por otro lado, parecía perdida, triste. Emily me encantó desde el primer momento y yo a ella, por lo visto, así que me involucré en la Fundación.

–Ah, ya entiendo.

–Gracias a la Fundación pudo ir a Disneylandia y yo fui con ellas. Lo único que Emily quería era ver a Minnie Mouse… –Tamera tuvo que tragar saliva–. ¿Tú sabes lo que significa hacer posible un sueño como ése sabiendo que no quería nada más? Podría haberle comprado Disneylandia, pero eso no cambiaría el hecho de que iba a morir –cuando una lágrima rodó por su mejilla, Tamera la apartó, enfadada–. Lo siento. Es que me da tanta rabia pensar que hay niños que sufren enfermedades.

–Tenía cáncer, ¿verdad? –preguntó Cole.

–¿Cómo lo sabes?

–No lo sabía, lo he imaginado. Tengo la impresión de que te duele más porque te toca de cerca.

Así era. Pero pensar en lo inevitable de la muerte de su padre no iba a hacer que el hotel de Victor Lawson se diseñara solo.

Y tampoco la ayudaba con Cole porque no quería que se mostrase tan cariñoso.

–Vamos a hablar del hotel, ¿de acuerdo?

Él la miró como si fuera a decir algo, pero al final se limitó a asentir con la cabeza.

En lugar de hablar de otro tema comieron en silencio y Tamera se lo agradeció. Evidentemente, Cole seguía siendo capaz de leer sus pensamientos. Tanto como para saber cuándo necesitaba espacio. Y seguramente también sabía que no le gustaba mostrarse vulnerable.

Sin embargo, temía que si seguía ofreciéndole consuelo y apoyo ella acabase por aceptarlo. Porque si acababa en sus brazos de nuevo, especialmente en aquellas circunstancias, a saber qué podría pasar.

¿A quién quería engañar? Ella sabía muy bien lo que pasaría y casi no le importaba.

Capítulo Nueve

–¿Qué tal si ponemos columnas por todo el hotel, incluso en las habitaciones? De ese modo los muros de carga no ocuparían tanto espacio y las habitaciones serían más abiertas –Tamera movió el lápiz rápidamente para hacer unos bocetos–. ¿Qué te parece?

Cole se había quitado la chaqueta y la corbata después de cenar y, con los dos primeros botones de la camisa azul desabrochados, estaba más guapo que nunca. Tamera no podía dejar de mirar esa piel dorada...

–Creo que deberíamos dejarlo por hoy –dijo Cole entonces, frunciendo el ceño.

Tamera miró su reloj.

–Pero si sólo son las diez. Solíamos trabajar hasta después de medianoche cuando estábamos en la universidad.

Las palabras quedaron colgadas en el aire y deseó poder retirarlas. Le había dicho varias veces que no quería hablar del pasado, pero se le había escapado sin darse cuenta.

–Tal vez estoy demasiado viejo para trabajar hasta las tantas –dijo él.

Esos ojos oscuros decían otra cosa. Un hombre

decidido y poderoso como Cole no dudaría en trabajar hasta las tantas fuese en el despacho o en el dormitorio.

—No eres demasiado viejo porque eso implicaría que yo también lo soy y no es verdad.

Cole puso una mano sobre su hombro y empezó a darle un suave masaje para liberar la tensión. Aquel hombre parecía saber exactamente lo que necesitaba. Ni siquiera había tenido que decírselo.

—Sigues siendo tan guapa como antes –le dijo, en voz baja–. Tú mejoras con la edad, pero creo que hoy hemos llegado al límite. Podemos seguir trabajando mañana.

Tamera cerró los ojos y se apoyó en su mano un momento porque su voz, sus palabras, le daban la calma que tan desesperadamente necesitaba.

¿Por qué no se habían conocido en ese momento? ¿Por qué todos los recuerdos de aquel hombre provocaban una opresión en su pecho que no podía controlar?

—¿Tienes planes para el viernes por la noche? –le preguntó.

La suave risa de Cole hizo eco en la solitaria oficina, recordándole que estaban solos en el edificio. Incluso los porteros se habrían marchado a las nueve.

—Tú eres el único plan que tengo.

¿Por qué esa frase sonaba tan emocionante?

—Bien, entonces podemos vernos aquí cuando salgas de trabajar.

—No, yo creo que necesitamos un cambio de escenario. ¿Por qué no vamos a mi yate? Se supone

que va a hacer una noche estupenda y tal vez podríamos trabajar bajo las estrellas.

Cole estaba intentando seducirla y Tamera se
sentía lo bastante intrigada como para ver dónde
quería llegar. Además, le gustaba su yate. Era un sitio muy tranquilo y, si los empleados tenían el día libre, no habría interrupciones.

–¿Invitarías a tu yate a cualquier otra persona
con la que trabajaras en un proyecto?

Cole se encogió de hombros, metiendo las manos en los bolsillos del pantalón.

–No estoy trabajando con cualquiera, Tam. Estoy
trabajando contigo.

Y ése era el problema, que empezaba a gustarle
trabajar con Cole… tal vez demasiado. Y lo peor de
todo era que sabía dónde iba a terminar eso.

–Yo me encargo de la comida –siguió él–. Mán-
dame los bocetos por fax.

Tamera lo estudió, pensando en el joven del que
se había enamorado trece años antes. Entonces tenía tanto potencial… claro que el nuevo Cole no
era el hombre que ella había imaginado.

No aceptaba su actitud superior o que siempre
quisiera salirse con la suya, pero en el fondo seguía
viéndolo como su novio, su marido, el padre de sus
hijos. ¿Qué había pasado para que se volviera tan
duro, tan distante? De vez en cuando volvía a ser el
hombre del que se había enamorado, sin embargo.

–Llegaré al yate a las cinco –dijo Cole, tomando
la chaqueta del respaldo de la silla–. Si hay algún
problema, llámame por teléfono o envíame un
mensaje al móvil.

¿Nada más? ¿Iba a marcharse sin intentarla besarla siquiera?

¿A qué estaba jugando?

Tamera señaló el carrito con la comida.

—¿Quieres llevarte algo?

—No, gracias. ¿Por qué no lo guardas en la nevera para mañana? Con todo lo que ha sobrado podréis comer tu ayudante y tú.

Ella sonrió.

—¿Ganas millones de dólares al año y te preocupas de las sobras?

Cole se puso serio entonces.

—Da igual el dinero que gane, nunca olvidaré de dónde vengo.

Como si ella necesitara que otro pedazo de su corazón se derritiese…

Acostarse con él era una cosa, si llegaban a eso, pero mantener su corazón intacto sería otra cuestión.

La única cuestión, en realidad.

—Lo guardaré todo en la nevera —le dijo—. Hasta mañana.

Cole se inclinó un poco para mirarla a los ojos.

—Vete a casa y descansa un poco.

Aunque parecía una orden más que un consejo, Tamera sabía que estaba preocupado por ella.

—Me iré en cinco minutos.

—No, te acompaño al coche.

Porras. Había querido terminar un último boceto antes de marcharse. Pero seguramente él sabía que estaba mintiendo.

—Muy bien, de acuerdo.

No había ninguna mujer en el mundo, daba igual quién fuera o por lo que hubiera tenido que pasar, que no quisiera tener a su lado a alguien que cuidase de ella. Si Cole quería comprobar que llegaba a salvo a su coche, ¿para qué iba a discutir? Tener un caballero andante a su lado en aquel momento la ayudaría a soportar la angustia que vivía con la enfermedad de su padre.

–Espera, voy a apagar las luces y a buscar mi bolso.

–Yo guardaré la comida en la nevera. ¿Dónde está?

–Al final del pasillo, en el apartamento que utilizo cuando no me apetece irme a casa.

Cole sonrió mientras dejaba la chaqueta en la silla.

–No me sorprende que tengas un apartamento en la oficina.

–Porque seguro que tú también tienes uno.

–Desde luego que sí.

Siempre habían dicho que cuando fuesen arquitectos conocidos necesitarían un apartamento en la oficina porque no querrían marcharse de allí. Ganar dinero era lo único que importaba a Cole entonces, mientras estar a la altura de su padre era lo único que preocupaba a Tamera.

Aparentemente, los dos habían conseguido hacer realidad su deseo, pero al echar la vista atrás recordó ese famoso proverbio: «ten cuidado con lo que deseas».

A las cinco y cuarto, Tamera estacionaba el BMW en el aparcamiento del puerto. Odiaba llegar tarde a ningún sitio, pero aquél había sido un día particularmente complicado.

Pero cuando miró la ropa que llevaba dejó escapar un suspiro. Iba en pantalón corto, con una camiseta sin mangas y sabía que Cole se preguntaría qué demonios había estado haciendo.

Tamera tomó su bolso y la carpeta con los bocetos en los que habían trabajado por la noche y corrió por el muelle hacia el multimillonario yate de Cole.

Las palmeras se movían con la brisa, pero hacía calor de modo que estaba sudando. Y, desgraciadamente, ella no tenía tiempo para admirar los fabulosos yates atracados allí.

No, se había pasado el día en el hospital hablando con los médicos y las enfermeras sobre su padre. No tenía tiempo para pensar en las cosas alegres de la vida cuando su padre estaba a punto de morir y el prestigio de su empresa dependía de que ella pudiera llevar a cabo aquel proyecto con éxito.

Era lo mínimo que podía hacer por un legado que su padre le había pasado con total confianza en sus habilidades.

Tamera se puso la mano sobre los ojos para bloquear el sol. Cole estaba en la cubierta del yate, mirándola, con un aspecto tan imponente como siempre.

–Lo sé, llego tarde –le dijo–. Lo siento mucho. Y también siento venir con este aspecto tan poco profesional.

Cole la ayudó a subir a bordo.

–¿Has estado haciendo ejercicio?

–Ojalá –Tamera lo siguió por la escalerita hasta

78

el despacho y dejó la carpeta de bocetos sobre la mesa–. Iba a correr, como hago todos los días, cuando me llamó una enfermera del hospital para decir que me necesitaban de inmediato. Por supuesto, no me dio tiempo a cambiarme de ropa.

–¿Va todo bien? –Cole sacó una botella de agua mineral de la nevera–. Toma, bebe algo.

–El número de glóbulos rojos ha disminuido y tenían que cambiarle la medicación.

–¿Y por qué te llamaron a ti?

–Porque pasó muy mala noche y estaba preguntando por mí –el sentimiento de culpa la sofocaba y tuvo que sentarse un momento–. No podía soportar que estuviera rodeado de extraños cuando me necesitaba.

Cole la tomó por los hombros.

–Vuelve al hospital si quieres.

Tamera negó con la cabeza.

–No, tengo que trabajar. Mi padre estaba descansando cuando me marché, así que todo está bien. Las enfermeras tienen el número de mi móvil y me llamarían si necesitase algo. Además, pasaré por allí de camino a casa.

–Las enfermeras lo tienen todo controlado en cuanto a tu padre, pero alguien tiene que cuidar de ti. Estás adelgazando mucho.

–No tengo tiempo para pensar en eso ahora, Cole. Hay mucho trabajo que hacer.

Además, pensó, no había nadie para cuidar de ella porque sólo tenía a su padre. Sí, tenía amigos y compañeros de trabajo, pero si le ocurriese algo, ¿quién acudiría en su ayuda?

¿Cole? ¿Qué iba a hacer él? No era más que un socio en ese momento.

—La oferta sigue en pie. Si quieres ir al hospital, yo puedo quedarme trabajando.

—No, estoy bien, de verdad.

Evidentemente, estaba preocupado por ella. La miraba como si creyese que estaba a punto de desmayarse y eso era desconcertante. Pero Tamera no pensaba mostrar debilidad alguna. El otro día se había quedado dormida en sus brazos y no quería hacerle pensar que no estaba preparada para darlo todo en aquel proyecto.

—Le he pedido a mi chef que preparase algo, así que podemos cenar en cubierta.

—No tengo apetito ahora mismo.

—Tamera...

—Pero te lo diré cuando lo tenga.

Cole encendió su ordenador mientras ella abría la carpeta de bocetos. Mientras trabajaban resultaba difícil no recordar otro momento, cuando estaban en la universidad dibujando sin decir una palabra y sus ideas siempre coincidían.

Entonces habían tenido tantas ilusiones de ser socios algún día. Y allí estaban ahora, trabajando juntos, pero con el objetivo de conseguir un nuevo éxito para sus respectivas empresas.

Una hora después sonó su móvil y Tamera corrió para sacarlo del bolso.

—¿Sí?

—¿Señorita Stevens? Soy Camille, del hospital.

—¿Ocurre algo? —murmuró ella, llevándose una mano al corazón—. ¿Mi padre está bien?

Cole le hizo un gesto para que siguiera hablando en el camarote de al lado y Tamera salió del despacho.

–Sí, sí, está bien, no se preocupe. Por eso llamo precisamente. La enfermera de día me ha dicho que estaba preocupada y sólo quería decirle que todo va bien. Su padre está cenando ahora mismo y parece contento.

Tamera se dejó caer sobre la cama, aliviada.

–Gracias, Camille. No sabes cuánto te agradezco que hayas llamado. Y que cuides tan bien de mi padre.

–Es mi trabajo. Que pase una buena noche, señorita Stevens.

Tamera guardó el móvil en el bolso y apoyó los codos sobre las rodillas.

–¿Todo bien? –le preguntó Cole, entrando en el camarote.

–Sí, sí, era la enfermera del turno de noche para decirme que mi padre está cenando.

–Y eso es lo que tú deberías estar haciendo, por cierto.

–No, no tengo hambre. Además, tenemos que terminar el proyecto inicial para mostrárselo a Victor el lunes.

–Tienes que descansar –insistió él.

–¿Por qué no dejas de decir eso? Estoy perfectamente.

–Tienes ojeras, has adelgazado y estás pálida –Cole se puso en cuclillas para mirarla a los ojos–. Tómate media hora de descanso, Tam. Yo me encargaré de prepararlo todo para que sólo tengas que comer.

Tamera miró al hombre que insistía en cuidar de

ella y, sin que pudiera evitarlo, sus ojos se llenaron de lágrimas.

–Vamos, Tam –Cole tomó su cara entre las manos–. No llores.

–Es que cada vez que suena el móvil… me llevo un susto tremendo.

No había admitido eso hasta aquel momento, pero sabía que se acercaba el día en el que alguna enfermera llamaría para decir que su padre había fallecido.

–Lo sé –murmuró él–. Deja que cuide de ti, aunque sólo sea durante unos minutos.

Tam asintió con la cabeza, incapaz de seguir luchando.

–Sólo media hora.

–Muy bien.

–¿Por qué no preparas la cena en cubierta? Yo subiré enseguida.

Después de darle un beso en la frente, Cole la tumbó suavemente sobre la cama y le quitó las zapatillas.

–Descansa un rato. Cuando todo esté listo daré un grito desde cubierta.

Tamera cerró los ojos, sonriendo y dejándose llevar por una fatiga que la abrumaba por completo.

Capítulo Diez

Media hora se convirtió en una hora y luego en dos, pero a Cole no le importaba. Podría haber estado mirándola desde la puerta de la habitación dos horas más. No iba a negarse a sí mismo esa oportunidad.

Sabía que no era profesional, pero habían pasado hacía tiempo esa barrera. Estaban al borde del precipicio y sentía la tentación de saltar.

Después de preparar la cena en cubierta se había puesto a trabajar en el proyecto y ya prácticamente estaba donde Tamera y él querían. Y, con un poco de suerte, donde Victor Lawson quería también.

Sin pensar, miró la cintura de Tamera, la curva de sus caderas...

Cuando la vio corriendo por el muelle con esa camiseta y ese pantalón corto había estado a punto de caer de rodillas para darle las gracias al cielo.

Deseaba tanto acariciarla otra vez. No habría un hombre en la tierra que pudiera resistirse a aquella mujer y él no deseaba nada más que volver a acariciar esas curvas que conocía bien.

No se había movido. Desde que la cubrió con una manta parecía descansar tranquilamente. Y él no quería despertarla no sólo porque se enfadaría por haberla dejado dormir tanto tiempo sino porque sabía que necesitaba descansar. Estaba agotada y si ella no quería cuidar de sí misma, lo haría él.

Pero no dejaría que su corazón se mezclase en el asunto. No, sólo cuidaba de ella porque estaban trabajando juntos en el proyecto más importante de sus vidas.

Cole se acercó para rozar su hombro con la mano, esperando que abriese los ojos y le echase una bronca por dejarla dormir. Pero no despertó. Estaba profundamente dormida.

—Tamera...

No levantó la voz. En realidad, debería seguir durmiendo un poco más, pero no quería que despertase en su cama por la mañana. Si iba a dormir allí, quería que supiera lo que estaba haciendo.

—Tam.

Tamera abrió los ojos por fin y levantó un brazo por encima de su cabeza, un gesto que hizo maravillas por la camiseta blanca ajustada que llevaba.

Aquella mujer estaba poniendo a prueba su autocontrol. Debería marcharse y dejarla sola, pero no podía hacerlo.

—Despierta, Tam, antes de que me odies aún más.

Ella dejó escapar un suspiro mientras abría los ojos lentamente y lo miró como si estuviera intentado adivinar quién era. Pero no había irritación en su mirada. Al contrario, en sus ojos había un brillo de puro deseo.

El silencio y la oscuridad los envolvían. Cole apenas podía ver sus rasgos, pero sí el brillo de sus ojos.

Y actuó por instinto, sin pensar. Se inclinó hacia delante, dándole tiempo a apartarse, a evitar aquello. Pero era inevitable. El proyecto no tenía nada que ver con lo que estaba a punto de pasar.

Y sabía que en cuanto empezara a besarla ninguno de los dos pensaría en volver a trabajar.

Tamera se pasó la punta de la lengua por los labios. La invitación estaba clara, lo único que tenía que hacer era aceptarla.

—Espero que estés segura —murmuró, un segundo antes de capturar sus labios.

El gemido de Tamera fue seguido inmediatamente por un total abandono. Cole sabía que no iba a apartarse, que todo lo que había ocurrido hasta entonces los había llevado a ese momento.

Y aquello era lo que había querido desde que volvió a verla en el despacho de Victor Lawson: la familiaridad de aquel beso, el calor de su piel.

Cole tuvo que hacer un esfuerzo para controlar los recuerdos del amor que habían sentido el uno por el otro y concentrarse en aquel momento. Aquello no era más que atracción física, absolutamente nada más.

Pero nada sería más dulce que hacer el amor con Tamera otra vez.

No sólo la deseaba por razones egoístas, también quería la gratificación de saber que le había ganado a su padre.

Aunque eso fuera aún más egoísta.

Amor no era lo que buscaba en aquel momento. ¿Por qué necesitaba nadie el amor cuando había contratos, diseños, estructuras para crear?

No, lo que quería era el calor de Tamera, su piel, sus labios. Ella le echó los brazos al cuello y empezó a jugar con su pelo como hacía antes. Y esas caricias suaves eran algo que recordaba bien.

Cole sostenía el peso de su cuerpo con una mano mientras deslizaba la otra por sus deliciosas curvas. La quería sin ropa, pero no podía apresurarse cuando estaba a punto de conseguir lo que buscaba.

Tamera arqueó su cuerpo hacia Cole, suplicándole en silencio que le quitase la ropa y tomase lo que llevaban negándose durante semanas.

El peso de su cuerpo le resultaba tan familiar. Habría consecuencias y remordimientos después, pero en aquel momento lo necesitaba más que nunca. Quería que Cole llevase el control, no quería pensar en lo que estaba haciendo y dónde los llevaría.

Nada importaba más que lo que sentía en aquel momento y cuánto lo había echado de menos. Sensaciones que sólo había experimentado once años atrás volvieron cuando él empezó a acariciar sus muslos.

—Cole…

El deseo de tocar su piel la consumía y le daba igual suplicar mientras consiguiera lo que quería.

Cole se apartó unos centímetros para tirar del elástico del pantalón y ella lo ayudó moviendo las piernas.

—Me gustas tanto… —murmuró Cole, besando su cuello.

Le gustaría más si la desvistiera del todo en lugar

de ponerse a charlar, pensó Tamera, intentando quitarle el polo que llevaba. Evidentemente, *ella* iba a tener que tomar el control del asunto.

Pero cuando estaba colocándose encima, Tamera puso las manos sobre su torso.

–Espera –murmuró, explorando con los dedos esa piel tan bronceada–. Deja que…

No pudo terminar la frase porque Cole buscó sus labios de nuevo, pero se apartó enseguida para tirar de ella. De rodillas, entre los dos se quitaron la ropa a toda prisa.

Y después se quedaron inmóviles.

Tamera miró a Cole de arriba abajo, como hacía él. La luz que llegaba del pasillo le daba un ambiente romántico a la habitación. Aunque romance era lo último que buscaban en aquel momento… al menos ella. Y dudaba mucho que Cole estuviera interesado.

–Asombroso –murmuró él–. No pensaba que pudieras ser aún más guapa que antes.

–Cole, ya estoy desnuda, no hay necesidad de halagos –rió Tamera.

Él alargó una mano para acariciar sus pechos.

–Perfectos –murmuró, inclinando la cabeza para buscar un pezón con los labios.

Tamera cerró los ojos cuando la empujó suavemente sobre la cama, acariciando sus costados con las dos manos, y envolvió las piernas en su cintura para dejar claro lo que quería.

Cole sonrió mientras alargaba una mano para sacar un preservativo de la mesilla. Tamera esperaba que la mirase, pero tenía los ojos cerrados mientras entraba en ella. Estaba intentando mantener las distancias, pensó.

Y tal vez ella debería hacer lo mismo. Después de todo, sólo quería una noche de sexo, ¿no?

No, no iba a poner su corazón en peligro por aquel donjuán. Disfrutaría del momento, pero después todo volvería a la normalidad y, con un poco de suerte, se olvidaría de Cole. Y tal vez así podría cerrar la herida para siempre. Tal vez.

Sus cuerpos se movían al unísono, con la misma urgencia. Tamera apretó los tobillos en su cintura, manteniéndolo donde lo quería. Cuando llegó al orgasmo, Cole se arqueó sobre ella, sus bíceps marcados mientras intentaba no aplastarla.

Poco después cayó sobre la cama, agotado, y Tamera esperó para ver lo que decía. No sabía qué esperar, una palabra cariñosa, un beso, un abrazo tal vez... pero no había esperado que saltara de la cama para vestirse.

Aquel lado frío de Cole era el mismo que había visto once años antes. Debería estar acostumbrada a esa reacción y, sin embargo, se cubrió con la sábana, helada de repente.

–Te espero en el salón cuando estés lista para volver a trabajar –dijo Cole, antes de salir del camarote.

Ah, el romance. No porque ella estuviera buscándolo pero... era como si le hubiese tirado un jarro de agua fría a la cara. El efecto era el mismo.

Capítulo Once

Cole sacó una cerveza de la nevera, suspirando.
Bueno, había conseguido lo que quería ¿y ahora
qué? No había conseguido dejar de pensar en Tamera, al contrario, no podía dejar de hacerlo.

¿Cómo era posible que su plan hubiera fracasa-
do? El brillo de vulnerabilidad en sus ojos lo hacía
sentir como un canalla, como si se hubiera aprove-
chado de ella.

Incluso se contradecía a sí mismo. ¿Quería o no
quería seducirla? ¿No había conseguido lo que deseaba, llevarla a su terreno? Y, sin embargo, se sentía tan frustrado como antes.

Además, la había tratado como si fuese una cualquiera saltando de la cama después de hacer el amor…

Estupendo, Cole.

Afortunadamente, él no estaba buscando amor
o romance porque todo eso había desaparecido
para siempre.

Oyó los pasos de Tamera entonces, pero no se
dio la vuelta. No estaba preparado para ver un brillo de dolor en sus ojos.

Mientras ella dormía había estado trabajando en
el proyecto y siguió haciéndolo. Sin embargo, tantas cosas habían cambiado en unos minutos…

Tam se acercó y, por el rabillo del ojo, vio que había vuelto a ponerse la camiseta y el pantalón corto.

–Tienes que comer algo –le dijo.

–No me gusta lo que has hecho –replicó ella, señalando el boceto–. Ese muro interrumpe la sensación de espacio que estábamos buscando.

Cole miró la zona en la que estaría el mostrador de recepción.

–Es inevitable. Necesitarán una caja fuerte y espacio para trabajar y las columnas sólo ofrecen cierto apoyo. Especialmente, en el primer piso.

–No me gusta –insistió ella.

–No creo que importe demasiado que te guste o no te guste –replicó Cole–. Lo que cuenta es que le guste a Victor Lawson. Tenemos que ser profesionales y aquí hace falta un muro de carga...

–¿Profesionales? –lo interrumpió Tamera–. No te atrevas a cuestionar mi profesionalidad. ¿Llamas profesionalidad a lo que ha pasado hace un momento?

–Eso no tiene nada que ver.

–No, es verdad, no tiene nada que ver. Además, seguro que eres más considerado con cualquiera de tus socios que conmigo.

Cole apartó la mirada, sintiéndose culpable.

–Los dos sabemos que sólo es una atracción física.

–Mira, déjalo. No sé qué esperaba de ti, pero evidentemente no he aprendido de la experiencia.

Después de decir eso, Tamera tomó sus cosas y se dirigió a la escalerita que llevaba a cubierta.

Cole no tuvo que mirar hacia atrás para saber que se había marchado. Estaba enfadada y con toda la razón.

Pero se le pasaría, pensó. Habían quedado con Victor en dos días, de modo que el proyecto básico tendría que estar terminado para entonces. Y cuando se le pasara, él estaría esperando. Sabía que Tamera era una profesional y no echaría a perder el proyecto por culpa de lo que había ocurrido en el dormitorio.

Tamera conocía a Cole, al menos su lado profesional. Y, aunque era sábado, estaría en su oficina. No había necesidad de llamar para confirmarlo porque así le daría ventaja y no quería hacerlo.

Después de marcharse del yate se había calmado lo suficiente como para recordar que tenían un proyecto en común, de modo que debían dejar atrás el pasado y olvidarse de las hormonas durante la duración del trabajo.

Una vez que Zach se encargase de la obra, aunque tardarían meses en llegar a eso, no tendría que ver a Cole tan a menudo.

Tamera detuvo el BMW frente al gabinete Marcum, un edificio de tres plantas hecho de cristal y acero, y respiró profundamente. Muy bien, no se había calmado del todo, pero estaba intentándolo.

Suspirando, tomó el bolso y salió del coche. El sol se reflejaba en los cristales del edificio y tuvo que ponerse las gafas de sol, irritada. Incluso el sol brillaba sobre el poderoso Cole Marcum, pensó.

Y cuando salía del ascensor oyó risas femeninas en el despacho.

Sería traidor...

No, traidor no porque eso implicaría que Cole y

ella tenían una relación. Se habían acostado juntos, nada más.

Tamera se ajustó las tiras del bolso al hombro y pasó una mano por el vestido amarillo. Respirando profundamente, entró en la oficina de Cole y vio a la mujer que reía…

Kayla.

—¡Tamera! —exclamó la hermana de Cole—. ¿Qué haces aquí?

Tamera aceptó encantada el abrazo de su antigua amiga. A pesar de su ruptura con Cole, Kayla siempre había ocupado un sitio especial en su corazón.

—He venido a trabajar —respondió, apartándose un poco para mirarla—. ¡Estás guapísima!

Kayla sonrió.

—No sabía que fueras a venir hoy.

Tamera miró a Cole, que parecía encantado consigo mismo. Muy bien, tal vez no era un traidor, pero seguía siendo un idiota.

—No habíamos quedado, pero tenemos que trabajar en el proyecto de Victor Lawson y pensé que estaría en la oficina.

—No hay descanso para los pecadores —bromeó Zach, que estaba sentado en el sofá.

—Ah, hola, no te había visto.

—Hola, Tamera —Zach se levantó para darle una carpeta a su hermano—. Ésta es la constructora con la que deberíamos trabajar. No hemos tratado nunca con ellos, pero están especializados en hoteles, sobre todo en la costa de México. He visto su trabajo y sé que no tienen quejas de nadie. Puedes comentarlo con Victor si te parece.

—Muy bien, gracias. ¿Te vas a casa ya?

Zach miró su reloj.

—Probablemente debería. Pero tengo que ir a buscar a Sasha a las tres.

—¿Sasha? —repitió Kayla—. Nunca había oído hablar de ella.

—Es que acabamos de conocernos.

—Ah, claro, no me digas más.

—Me alegro de volver a verte, Tamera —dijo Zach entonces—. Supongo que tengo que darte las gracias a ti por poner a mi hermano de tan mal humor. Me alegra ver que tiene que bajar a la tierra de vez en cuando.

—Yo también tengo que irme porque he quedado a comer con unas amigas —Kayla suspiró—. Espero que volvamos a vernos y no sólo para hablar del proyecto, Tamera. Podríamos comer juntas algún día.

A Tamera se le encogió el corazón. Había echado de menos a Kayla durante todos esos años, pero hasta ese momento no sabía cuánto.

—Sí, me gustaría mucho.

—Cole, llámame después de la reunión y cuéntame qué ha pasado.

Él asintió, sin decir una palabra. Por lo visto, no estaba de humor. Bueno, pues era su problema, pensó Tamera, mirando los bocetos.

—Me alegra que hayas recuperado el sentido común —dijo Cole entonces.

Y ella decidió no discutir porque sería una pérdida de tiempo. Además, merecía estar enfadado por tratarla como lo había hecho la noche anterior.

—Has cambiado la posición del muro de carga —murmuró, mirando el boceto.

–Zach y yo hemos estado trabajando en ello anoche y esta mañana.

–¿Anoche?

Cole asintió con la cabeza.

–Estuvimos trabajando hasta las dos y luego ha vuelto a las nueve.

Entonces era la falta de sueño por lo que estaba de mal humor. Pero no parecía falto de sueño... parecía disgustado.

¿Lamentaría lo que había pasado por la noche? ¿Lamentaría haberse acostado con ella o lo que pasó después? Tamera sabía en su corazón que aunque sintiera remordimientos por lo que había hecho no lo admitiría nunca. Cole Marcum jamás admitiría estar equivocado.

Igual que su padre.

–Esto es exactamente lo que yo quería –murmuró–. ¿A Zach le ha parecido buena idea?

–Sí... bueno, dijo que podríamos cambiar el muro de carga y tenía razón. Pero hay que estudiar los detalles del salón de baile.

Muy bien, de modo que el tema estaba cerrado.

¿Habría rediseñado Cole la entrada a su gusto porque se sentía culpable? Tal vez era una tontería, ¿pero por qué si no habría estado trabajando hasta las tantas? ¿Y por qué habría llamado a Zach?

Tal vez no era el idiota engreído que parecía ser. Tal vez tenía un corazón después de todo.

O tal vez sólo quería congraciarse con ella para volver a llevarla a su cama.

Capítulo Doce

–No sé por qué tenemos que reunirnos sin Tamera –dijo Kayla mientras se dejaba caer en el sofá.

–Porque tenemos un problema –respondió Cole, sirviéndose un whisky.

Zach entró entonces en la oficina.

–¿Cuál es la emergencia? Tengo que hablar con la constructora antes de irme a cenar.

–Siéntate –Cole señaló el sofá.

Zach puso cara de susto.

–¿Qué has hecho?

–No he hecho nada. Pero hay algo de lo que quería hablar con los dos.

–¿Por qué no está aquí Tamera? –repitió Kayla.

–Walter Stevens se está muriendo. Está en el hospital ahora mismo, es un enfermo terminal.

–Oh, pobrecilla –Kayla se llevó una mano al corazón–. ¿Cómo está?

–Como uno podría esperar –Cole se encogió de hombros–. Pero es obstinada y no quiere aceptar ayuda de nadie.

Zach y Kayla se miraron, como si supieran algo que él no sabía.

–¿Qué pasa?

–Que es igual que tú entonces –dijo Kayla–. No

le gusta mostrar debilidad. Y tú más que nadie deberías apreciar eso.

¿Apreciarlo? Aquella mujer lo estaba volviendo loco.

–Bueno, no es eso de lo que quería hablar. Con Walter en el hospital, el destino del grupo Stevens depende de Tamera y de su habilidad para dirigir la empresa como la han dirigido su padre y su abuelo.

–¿Y bien? –preguntó Zach.

–No hay ninguna razón para que no hagamos una oferta. Tamera es vulnerable en este momento y lo será más tras la muerte de su padre. No veo por qué no podemos sugerir que unamos fuerzas.

De nuevo, sus hermanos se miraron.

–¿Tamera te ha dado a entender que no quiere llevar sola la empresa de su padre? –le preguntó Kayla.

–No.

–¿Entonces por qué crees que es buena idea?

Cole se acercó a la ventana para mirar el puerto.

–Porque la unión sería beneficiosa para todos. Si combinamos fuerzas... pensad en lo que podríamos conseguir.

–Esto no tiene nada que ver con lo que hay entre vosotros, ¿verdad? –preguntó Zach.

–No, estoy hablando de negocios.

–A mí no me parece buena idea –dijo Kayla–. Me parece muy bajo atacarla cuando está más vulnerable.

Cole metió las manos en los bolsillos del pantalón.

–No es un ataque, es un buen negocio para las dos empresas.

–¿Quién lo dice? –le espetó Zach–. El grupo Stevens lleva más tiempo en esto que nosotros. ¿Por qué iban a querer unirse al gabinete Marcum?

–Porque Tamera no es tonta. Ha visto lo que podemos conseguir y, después de construir el hotel de Victor Lawson, muchos otros clientes solicitarán nuestros servicios.

–Así que vas a pedirle a Tamera que venda la herencia de su abuelo y trabaje para nosotros –Zach sacudió la cabeza, riendo–. Sí, seguro que le va a encantar la oferta.

–Pensará que ha sido idea suya –dijo Cole–. Yo sólo voy a animarla. Pero quería saber qué pensabais vosotros.

Kayla se pasó una mano por el pelo.

–Yo creo que podría ser interesante para todos, pero a nivel personal no creo que sea muy sensato. Tamera y tú tenéis un pasado. ¿Crees que podría funcionar?

Cole no estaba seguro. ¿Estaría buscándose problemas?, se preguntó. Tal vez, pero en su vida el negocio era lo primero.

Kayla se levantó del sofá.

–Cuando descubras qué quiere hacer Tamera hablaremos. Hasta entonces, yo creo que esta conversación es prematura.

Después de decir eso salió del despacho y los dos hermanos se miraron.

–Bueno, ¿y tú qué opinas, Zach?

–¿Has perdido la cabeza? –exclamó él, levantándose.

–No, aún no.

–¿Qué estás intentando demostrar, Cole? Walter se está muriendo, ya no le importas nada. Esta pelea es sólo cosa tuya.

–No estoy intentando demostrar nada. Sólo quiero mover la empresa en la dirección adecuada.

–No sabía que hubiera una dirección adecuada, creí que nos iba bien. Y si esto tiene algo que ver con el sentimiento de culpa por lo que pasó hace once años, te recomiendo que lo pienses.

Afortunadamente, Zach no había mencionado ese tema cuando Kayla estaba con ellos porque su hermana no conocía la auténtica razón de su ruptura con Tamera.

–Los dos sabemos que es una buena idea.

–Tal vez lo sea, ¿pero a qué precio?

Zach salió de la oficina, dejando a Cole pensativo. Su hermano siempre había sido de los que iban al grano, sin andarse con rodeos. Era un hombre de pocas palabras, pero cuando hablaba siempre tenía algo que decir.

Y tal vez tenía razón. ¿A qué precio conseguiría la fusión entre las dos empresas?

Cole se pasó una mano por el pelo. Él ya estaba pensando en la fusión como si fuera algo firmado, aunque seguro que Tamera no se rendiría tan fácilmente. Pero tenía que ser razonable. Sería demasiada presión dirigir sola un gabinete de arquitectura tan famoso y lidiar con el dolor de perder a su padre al mismo tiempo.

Cole se dejó caer frente a la mesa de trabajo y encendió el ordenador. ¿A quién quería engañar? Tamera era más que capaz de llevar la empresa sola.

¿No lo estaba haciendo ya, sin decirle a nadie que Walter se estaba muriendo?

Odiaba admitirlo, pero así era.

Quería que trabajase con él, ésa era la verdad. Era una persona inteligente, decidida, absolutamente profesional. Aunque no fuese tan guapa, todas esas cualidades lo habrían atraído hacia ella.

Pero era guapísima y sólo con pensar en ella se quedaba sin aliento. Y la quería en su equipo para poder vigilarla. Quería saber qué hacía en sus horas libres, con quién salía. No quería dejarla escapar otra vez.

No, no quería amor. No quería una relación estable. Sencillamente, era incapaz de esas dos cosas. Pero no era inmune al cariño que sentía por ella.

Tamera tendría que entender su punto de vista y, al final, trabajaría para el gabinete Marcum pensando que había sido idea suya.

Capítulo Trece

—Asombroso.

Tamera cruzó las piernas mientras Victor Lawson revisaba el proyecto básico de su primer hotel en Estados Unidos.

—El exterior es perfecto. Absolutamente maravilloso.

—Hemos querido darle a los clientes ese estilo extravagante, mágico, que nos pediste. Clásico y eterno.

—La verdad es que formáis un equipo estupendo —dijo Victor entonces, mirando de uno a otro—. Ya sabía yo que había tomado la decisión más acertada al contrataros a los dos. ¿Se os ha ocurrido que tal vez deberíais unir fuerzas? Si lo hicierais, monopolizaríais el negocio.

Ese comentario la sorprendió un poco. Ella no quería formar equipo con Cole.

Había pensado que acostándose con él sin dejar que su corazón se involucrase en el proceso se sentiría mejor, más poderosa, pero había ocurrido al contrario. Se sentía incluso peor sobre sí misma.

Además, trabajar en equipo no era algo que quisiera repetir en el futuro. Le resultaba terriblemente incómodo y sólo llevaban juntos unas semanas.

–Hemos disfrutado mucho trabajando en el proyecto –dijo, sin embargo.

–Y se nota.

–¿Hablamos de los materiales para el exterior? –intervino Cole entonces.

–Le he pedido a mi ayudante que os envíe un e-mail con todos los materiales, texturas, luces para exterior e interior… –Victor miró su reloj–. Pero tengo otra reunión en South Beach en media hora.

Cuando se levantó, Tamera y Cole se levantaron también.

–Tengo una reunión con Zach esta semana para hablar de la empresa constructora. Me alegra mucho que este proyecto vaya tan rápido como yo esperaba.

–El gabinete Marcum es muy eficiente –dijo Cole entonces.

Tamera lo miró, sorprendida, pero no dijo nada.

–Estaremos en contacto –se despidió Victor.

En cuanto la puerta se cerró, Tamera se volvió hacia Cole, indignada.

–¿Cómo te atreves?

–¿A qué? No te entiendo.

–Has querido dar a entender que tu gabinete es más eficiente que el mío. Estamos juntos en esto como equipo y eso significa que somos iguales.

–Yo nunca he dicho lo contrario –Cole le dio la espalda y empezó a ordenar papeles.

–¿Ah, no? ¿Y qué ha sido eso de «el grupo Marcum es muy eficiente?». No te des la vuelta, no me trates como si fuera una niña.

–Entonces deja de portarte como tal.

–¡Deja tú de portarte como si estuvieras haciendo el trabajo solo! Estás siendo grosero y antipático a propósito.

–¿Ah, sí? O a lo mejor tú eres demasiado sensible porque estás agotada. ¿Por qué no te tomas unos días de descanso?

La furia que había estado conteniendo durante los últimos minutos por fin salió a la superficie.

–Puede que estés acostumbrado a mandar a tus empleados, pero yo no soy empleada tuya. Trabajo para mi propia empresa y, por el momento, para Victor. Y no tengo tiempo para descansar, así que deja de darme consejos que no te he pedido.

Cole apretó los dientes.

–¿Has ido a ver a tu padre?

Tamera lo miró, sorprendida por el cambio de tema.

–Sí.

–¿Y piensas volver al hospital esta noche?

Ella asintió con la cabeza.

–Iré seguramente después de cenar.

–¿Cuándo vas a contarle a la gente la verdad, Tam? Se enterarán tarde o temprano.

Tamera no quería pensar en eso por el momento.

–No lo sé, lo decidiré más adelante.

–Y mientras tanto, estás agotada.

–¿Y qué voy a hacer? Tengo que ir a verlo, comprobar que está bien… así es la vida.

–Si no vas a relajarte, al menos haz algo que no sea trabajo.

–Ya, claro. ¿Y cuándo voy a tener tiempo para eso?

Cole estudió sus labios durante unos segundos más de lo debido.

–Después de visitar a tu padre podríamos ir a celebrar que el proyecto va bien.

–Por el momento no hay nada que celebrar. Además, no me apetece.

–Pero te vendría bien pasar un buen rato.

Tamera pensó en las posibilidades de «pasar un buen rato» con Cole. Se lo merecía, desde luego.

Y, por supuesto, no iba a dejarse seducir, de modo que no podía hacerle daño. Además, llevaría su móvil por si la llamaban del hospital. Tal vez una noche sin preocupaciones era justo lo que necesitaba.

–Tal vez –le dijo–. ¿Dónde quieres ir?

–Podemos quedarnos en South Beach. Ir a un buen restaurante, tomar una copa después...

Tamera asintió con la cabeza, preguntándose cuáles serían sus motivos. Porque Cole no hacía nada si no iba a ganar algo con ello.

–Muy bien, de acuerdo.

Él señaló la mesa de trabajo.

–¿Cuándo quieres que volvamos a vernos para hacer el proyecto final?

–Seguramente no podré hacer nada hasta el viernes. Tengo reuniones hasta muy tarde con otros clientes y ya sabes que ceno con mi padre.

–¿Quieres que nos reunamos aquí o quedamos en algún otro sitio?

–Será mejor que vayas a mi oficina.

Cole sonrió entonces, dando un paso hacia ella.

–Te deseo, Tamera, el sitio es lo de menos.

–Si crees que puedes acostarte conmigo cuando quieras y descartarme después es que estás loco.

Puede que la otra noche se me fuera la cabeza, pero te aseguro que no volverá a pasar.

Cole la tomó por la muñeca y tiró de ella para buscar sus labios. Y Tamera luchó durante dos segundos, pero después le devolvió el beso.

Desde luego, Cole sabía besar. Pero no le dio la satisfacción de tocarlo. No, lo besaría, pero sin darle nada más.

Sus labios eran duros, exigentes, y el cuerpo de Tamera la traicionó con un suspiro.

—No me mientas ni te mientas a ti misma —murmuró Cole—. Volverá a pasar.

El brillo de sus ojos, combinado con ese tono autoritario, hizo que Tamera tomase el bolso y saliera del despacho.

—¡Iré a buscarte a las ocho! —gritó Cole antes de que cerrase de un portazo.

Cole se enfadó consigo mismo por dejar que Tamera lo hiciese perder el control. Pero no estaba mintiendo cuando le dijo que volvería a pasar. Se daba cuenta de que Tam se derretía cada vez que la tomaba entre sus brazos y sabía que seguían sintiéndose atraídos el uno por el otro.

—¿Todo bien?

Cole se volvió para ver a Zach en la puerta.

—Sí, sí, bien.

—¿Entonces por qué parece que acabaras de comerte una bolsa de clavos?

—Estoy ocupado, Zach. ¿Qué querías?

Su hermano se acercó para apoyarse en la mesa.

–Primero, cuéntame por qué Tamera ha salido de aquí dando un portazo y a punto de tirarme de un empujón en el pasillo.

–Pregúntaselo a ella.

–Te lo estoy preguntando a ti –dijo Zach–. No le habrás dicho nada sobre esa supuesta fusión, ¿verdad?

–No, ahora mismo tiene demasiadas preocupaciones. Pero vamos a salir juntos esta noche para celebrar que Victor ha aprobado el proyecto.

Él se encargaría de que lo pasara bien y al final de la noche terminaría en su cama. Y haría lo que tuviera que hacer para dejarla más satisfecha que la última vez.

–¿Vais a salir juntos? Pensé que no tenías intención de volver a salir con ella. Y no me digas que es una reunión de trabajo.

–No, no es una reunión. No tengo intención de hablar de trabajo esta noche.

Zach lanzó un silbido.

–Pues no parece que quieras alejarte de cualquier complicación, al contrario.

–Tal vez –Cole se encogió de hombros–. Pero sigo controlando la situación.

–Encárgate del proyecto, haz feliz a Victor y deja que yo haga lo que hago mejor: encargarme de la construcción. Y deja en paz a Tamera, ahora mismo es muy frágil. Tú mejor que nadie deberías entender eso.

–Bueno, si has terminado de echarme la bronca tengo que ponerme que a trabajar.

–No lo estropees, Cole.

Zach salió del despacho y cerró la puerta tras él. ¿Estropearlo? ¿A qué se refería?

En cualquier caso, daba igual. No tenía intención de estropear nada. Pensaba llevar a Tamera a la discoteca de moda en Miami y bailar con ella hasta que le suplicase que la llevara a su casa. Quería tocarla otra vez. Quería ver esos ojos azules brillantes de deseo.

Pero sobre todo quería que supiera que era mucho mejor ahora de lo que había sido once años atrás.

Tamera experimentó un escalofrío de emoción. Cole la conocía perfectamente y sabía cuándo necesitaba un descanso o cuándo debía empujarla.

Pero ella no tenía por qué ceder. Y no quería reconocer que tenía tanto poder sobre su vida.

Pero Cole Marcum aún tenía en la mano un pedazo de su corazón.

Tamera pulsó el botón para bajar la capota de su deportivo. Quería sentir la brisa en la cara, sentirse libre aunque fuera sólo durante unos minutos.

Y sonrió mirando el cielo azul sobre su cabeza y las altas palmeras que bordeaban la carretera.

Por una vez en su vida iba a olvidar todos sus problemas y a disfrutar de la oportunidad que el destino había puesto en su mano.

Si Cole estaba decidido a que lo pasaran bien, le demostraría de qué estaba hecha.

Capítulo Catorce

Tamera se giró de un lado y de otro frente al espejo de cuerpo entero. El vestido rojo de cuello halter mostraba sus curvas a la perfección, pensó, contenta consigo misma. El pelo suelto cayendo sobre sus hombros era perfecto para ir a bailar y se había puesto una capa de brillo en los labios para darles un aspecto más jugoso.

Si Cole quería una noche loca, sería un hombre muy feliz cuando llamara a su puerta. No iba a dejarlo olvidar, aunque fuese un minuto, lo que había dejado escapar once años antes. ¿Era malo restregárselo por la cara en cualquier oportunidad?

¿Por qué tenía que encontrar la actitud autoritaria de Cole tan irresistible?

Y aunque seguía enfadada con él, estaba deseando verlo. Siempre lo había pasado bien con Cole y esa noche no sería una excepción.

Además, necesitaba algo positivo en su vida. Durante una hora, tal vez dos, quería fingir que el mundo no se estaba derrumbando a sus pies.

No recordaba cuándo fue la última vez que salió a bailar. No sólo eso, no recordaba la última vez que tuvo una cita.

¿Una cita?

Tamera se mordió los labios. Aquello no era una cita, pensó mientras tomaba el bolsito plateado a juego con las sandalias. Que fuesen a salir a cenar y a bailar… y que tal vez terminasen en la cama, no significaba que fuera una cita.

Sencillamente estaban celebrando algo importante en sus carreras. Además, Cole tenía razón: debía relajarse, disfrutar un rato y olvidarse de los problemas.

Entonces, ¿por qué se sentía culpable?

Tamera se sobresaltó cuando sonó el timbre y, nerviosa, se miró al espejo una vez más antes de abrir la puerta. Y al ver que Cole se quedaba mirándola con cara de asombro, se alegró muchísimo. El vestido, de color rojo y escotado, no era el atuendo que solía llevar para trabajar, pero había estado esperando la oportunidad perfecta para usarlo.

Cole, en cambio, llevaba un pantalón vaquero y una camiseta negra que le daba un aspecto peligroso.

–¿Dónde vamos? –le preguntó, intentando controlar la reacción de su cuerpo.

–Al club de un amigo mío. Podemos cenar y tiene una pista de baile. Con música en directo.

–Ah, muy bien.

Cole no dejaba de mirar el escote de su vestido.

–Y será mejor que nos vayamos antes de que cambie de opinión y quiera celebrarlo en casa.

Sí, sería mejor que se fueran cuanto antes porque ver ese brillo de deseo en sus ojos sólo conseguía hacer que ella quisiera lo mismo. Aunque la última vez había terminado enfadada con él…

Sus sentimientos por Cole estaban mezclados. A

veces quería estrangularlo y al minuto siguiente quería desnudarse para él. Ni ella misma se entendía.

Aunque iban en silencio en el coche, un deportivo negro en aquella ocasión, la tensión sexual era atronadora. Pero Cole sabía lo que estaba haciendo y también ella. Estaban jugando al juego más antiguo del mundo y, al final, ganarían los dos.

Cole detuvo el coche detrás de uno de los muchos clubs que había en South Beach.

—¿Eres amigo del dueño de Live? —preguntó, Tamera, impresionada.

—Zach y yo diseñamos el interior cuando Matt compró el local.

—Me habían dicho que este sitio estaba a la altura de Studio 54 —murmuró ella.

¿A cuántas mujeres habría llevado allí?, se preguntó. Pero no, no pensaría en eso aquella noche. Estaba con él y eso era lo único importante. Por esa noche.

Cole la llevó hacia la puerta poniendo una mano en su espalda y el íntimo gesto la hizo sentir un escalofrío. El vestido era muy escotado por detrás, de modo que estaba tocando su piel mientras hablaba con el portero... haciendo círculos con el pulgar.

No sabía si lo hacía a propósito o sin darse cuenta, pero esa caricia hizo que se olvidara de todo. Ni siquiera sabía de qué estaban hablando los dos hombres y le daba igual.

—Gracias, Enrique.

Tamera sonrió al portero cubano cuando les abrió la puerta.

Muy bien, cenarían allí pero después le diría a Cole que quería ir a su casa. ¿Por qué iba a luchar contra sus deseos?

El interior del club estaba suavemente iluminado por luces de cobalto azules suspendidas en varias zonas del techo, creando una atmósfera íntima. Y, como arquitecta, estaba impresionada por las escaleras con barandilla de hierro forjado a cada lado de la sala.

La barra estaba llena de gente y, afortunadamente, no había taburetes. Siempre era muy incómodo abrirse paso entre los taburetes.

Pero lo mejor de todo era la orquesta de salsa que tocaba sobre el escenario, al fondo del local.

Por toda la sala había sofás de piel ocupados por gente guapísima disfrutando del famoso ambiente nocturno de South Beach.

–Gracias por traerme aquí, me gusta mucho el sitio.

–De nada –Cole sonrió mientras la llevaba a uno de los sofás.

Tenía que calmarse, pensó Tamera. Quería pasarlo bien, pero si no controlaba sus emociones se encontraría en el mismo sitio en el que se había encontrado once años antes. Y que lo deseara de tal forma no estaba ayudando nada.

–Voy a pedir las copas. ¿Quieres un Cosmopolitan?

Ella negó con la cabeza.

–No, vamos a bailar –contestó, tomando su mano para llevarlo a la pista de baile. Aquello era lo que necesitaba. Mientras aprovechase el momento y no dejara que su corazón se involucrase, no pasaría nada.

Tamera levantó los brazos cuando llegaron a la

pista de baile y empezó a mover la cabeza de lado a lado al ritmo de la música mientras Cole la tomaba por la cintura.

La falda del vestido acariciaba sus muslos y notó el roce de sus pezones contra la tela. Y los ojos de Cole podrían ser sus manos porque estaban atravesando el vestido.

No estarían en el club mucho tiempo, pensó. Aparte de la tensión sexual que había entre ellos, el ambiente ayudaba mucho y cuando estuvieran solos la tensión explotaría. Si podían esperar hasta entonces.

Tamera no sabía cuánto tiempo habían estado bailando porque había dejado de contar después de tres canciones. Lo único que sabía era que la música era maravillosa, que la pista estaba llena de gente y que Cole no apartaba los ojos de ella ni un segundo.

Y, por un momento, se vio transportada a un tiempo en el que nada importaba más que Cole y ella. Su intimidad, el lazo que había entre ellos, su amor.

—Creo que me vendría bien tomar esa copa.

Sonriendo, y sin soltar su cintura, Cole la llevó hasta la barra y pidió una cerveza para él y un Cosmopolitan para ella.

—¡Cole, qué alegría verte!

Tamera se volvió para mirar al hombre que acababa de acercarse a ellos.

—Hola, Matt —lo saludó Cole, estrechando su mano—. Me alegro de verte.

Matt miró a Tamera.

–Ah, por fin has traído una mujer al club. Ya era hora.

¿Qué significaba eso?, se preguntó ella. ¿Cole no había llevado allí a ninguna chica? Qué interesante. Por supuesto, eso no significaba nada. Tal vez Cole no había ido allí nunca con una mujer, pero habría ido a otros locales.

–Te presento a Tamera Stevens. Es mi socia en un proyecto.

–Encantada.

¿Su socia? En fin, ¿qué otra cosa podía decir?: ¿es la mujer a la que rompí el corazón hace once años, con la que me acosté recientemente, con la que me peleo por un proyecto y con la que probablemente me acostaré esta noche otra vez?

Sí, socia era mucho más sencillo.

–El placer es mío –Matt se volvió hacia Cole–. Venid a la sala VIP, la casa os invita a cenar.

Cole miró a Tamera, el calor de sus ojos dejando claro lo que quería. ¿Alguien había abierto la puerta para dejar entrar el calor de Miami en el local? Estaba sudando.

–No, sólo vamos a tomar una copa, Matt.

–Muy bien, como queráis. Pero venid en otra ocasión entonces.

Tamera miró hacia la orquesta cuando Matt se alejó. No quería parecer ansiosa o, peor, desesperada, pero estaba dispuesta a marcharse de allí cuanto antes.

–Termina tu cóctel –murmuró él–. Nos vamos.

No había más que decir. Tamera se tomó el resto del cóctel de dos tragos, aunque el alcohol y un

estómago vacío no solían mezclar bien. Especialmente cuando necesitaba mantener cierto control.

–¿Por qué tanta prisa?

Su dulce tono, combinado con una sonrisa sexy,
hizo que Cole la tomase del brazo para dirigirse a la
puerta.

Tamera estaba riendo por dentro, pero por fuera se mantenía seria. Nunca lo había visto perder el
control y si jugaba bien sus cartas volvería a ocurrir
antes de que terminase la noche.

Cuando el portero les dijo adiós amablemente,
Cole se limitó a levantar la mano.

¿También se había quedado sin palabras? Vaya,
vaya… aquello estaba yendo incluso mejor de lo que
ella había planeado.

Capítulo Quince

Cole pisó el acelerador para atravesar las calles de South Beach hacia Star Island. Tamera podía pensar que lo tenía todo controlado, pero él estaba decidido a llevarla a su terreno.

Nunca había llevado a una mujer a su casa. Bueno, las había llevado a sus casas de vacaciones, pero nunca a su casa de Miami. Jamás. Star Island era sólo para invitados especiales… y Tamera era definitivamente una invitada especial.

Maldita fuese aquella mujer que se le había metido bajo la piel. Él no quería que pasara eso ni tenía tiempo para nada más que un encuentro sexual.

Pero le daría a Tamera toda la noche. Los dos merecían largas horas de intimidad.

Cole pisó el freno cuando llegó frente a la garita del guardia de seguridad y lo saludó con la mano antes de seguir adelante, mirando a Tamera por el rabillo del ojo.

Aquel vestido… con sólo tirar del lazo que llevaba atado al cuello empezaría una noche de fantasía.

Aquella hora era siempre preciosa, con las magníficas mansiones bordeando la playa, las luces reflejándose en el agua. Aquello era lo que siempre había querido: el dinero, el prestigio. La mujer que tenía a su lado.

Y, aunque sus objetivos no eran ya los de un chico de veinte años, tampoco eran tan diferentes. Pero ya no era tan ingenuo como lo había sido en el pasado. Sabía que hubiera lo que hubiera entre ellos, terminaría cuando terminasen el proyecto de Victor Lawson.

Pero habría conseguido lo que quería, se dijo. Tamera iba a su casa con la intención de quedarse a pasar la noche y estaba seguro de que sabía que entre ellos no habría nada más que eso. Era una adulta y sabía muy bien lo que él pensaba sobre las relaciones.

Y por eso la noche sería aún más dulce. Ningún error sobre lo que debían esperar el día siguiente o cuál sería el segundo paso porque no habría segundo paso.

Cole detuvo el coche en el garaje y apagó el motor. Le había dado la noche libre a los empleados porque quería estar a solas con ella y, aparentemente, no se había equivocado.

Tamera salió del coche antes de que él pudiese abrirle la puerta. Iluminada por las luces del jardín y con el pelo suelto parecía un ángel.

Por supuesto, un ángel no llevaría un vestido de color rojo. Un vestido por encima de la rodilla, sensual, marcando el pecho.

Cole la empujó contra la portezuela del coche y buscó sus labios ansiosamente. Los pechos que habían estado torturándolo durante toda la noche aplastados contra su camiseta, haciendo que deseara quitarle el vestido allí mismo. Afortunadamente, el muro y la verja los aislaban del mundo.

Tamera le echó los brazos al cuello y se puso de puntillas para devolverle el beso, pero unos segundos después se echó hacia atrás.

–Tócame.

Cole apartó a un lado su pelo para desabrochar el lazo del vestido y tiró de él hasta dejarla con los pechos desnudos.

–Tenemos que entrar en la casa –dijo con voz ronca, tomándola en brazos–. Me estás matando, Tam.

Una vez dentro de la casa desactivó la alarma y la dejó en el suelo, al pie de la escalera. La pieza de tela que había cubierto sus pechos durante toda la noche ahora colgaba sobre su cintura…

–Será mejor que hagas algo más que mirar –lo amenazó ella, con una sonrisa en los labios.

–Pienso hacerlo, te lo aseguro.

Cole se quitó la camiseta y la tiró al suelo de mármol blanco y negro mientras ella se quitaba las sandalias de tacón.

–¿Tienes un preservativo? –le preguntó, sus ojos azules llenos de pasión.

Él sacó uno del bolsillo.

–Aquí está.

–Entonces no hablemos más.

De nuevo sus bocas se unieron mientras Cole la tomaba en brazos. No iban a llegar al piso de arriba, pero le daba igual. ¿Por qué perder el tiempo cuando lo deseaba tanto como él?

Cole se quitó los vaqueros junto con los calzoncillos y se puso el preservativo a toda prisa. Sin separarse un centímetro, se sentó en el último escalón y colocó a Tamera sobre él, acariciándola con manos frenéticas mientras ella se levantaba el vestido y apartaba a un lado la braguita.

Cole no pudo esperar ni un segundo. No hubiera podido ir más despacio aunque quisiera. Se había dejado el control en casa horas antes y desde entonces no sabía cómo había podido aguantar.

Pensó por un momento que estaba siendo demasiado brusco, pero los gemidos de Tamera lo animaron a continuar.

Quería mirarla. Ahora que tenía los ojos cerrados, quería ver su cara cuando estaba perdida por completo. Quería ver el momento en el que dejaba de controlar, en el que no intentaba ser fuerte o contenerse. Quería verla totalmente abandonada.

Y no tardó mucho.

Tamera se mordió los labios, con ese gesto que él conocía tan bien, y Cole perdió la cabeza por completo. Cerró los ojos intentando contenerse, moderar las emociones, pero no era capaz.

Aquella noche había sido perfecta. Como si el pasado no existiera y fueran sólo dos personas que se hubieran encontrado de repente.

Quería recordar aquel momento para siempre, disfrutar de su simplicidad.

Desgraciadamente, eso era imposible. El momento terminó demasiado pronto y los dos se quedaron callados. Tamera seguramente querría marcharse, querría volver a mostrarse «profesional».

Pero la había tenido esa noche y Cole quería que se quedase hasta que él quisiera dejarla marchar.

Debía tener cuidado. Cualquier cosa fuera del dormitorio era imposible. Habían pasado por eso una vez y los dos terminaron con el corazón roto.

Cuando dejó de temblar la tomó en brazos y la llevó por la escalera hasta el cuarto de baño. Deseaba cuidar de ella, mimarla.

–Tenías razón –murmuró Tamera, el aliento rozando su cuello–. Necesitaba esto.

Cole tragó saliva. No quería sentir lo que sentía, no quería que Tam le importase más allá del dormitorio. El sexo era todo lo que tenían, todo lo que podían tener. Y era estupendo, ¿por qué estropearlo?

No, no debería importarle, pero así era.

Le importaba con lo que tendría que lidiar por la mañana, el día siguiente y el día después con la enfermedad de su padre y la empresa. Y, sobre todo, le importaban sus sentimientos por él porque en el fondo sabía que no había vuelta atrás.

Estaría mintiéndose a sí mismo si intentase fingir que no sentía nada por ella. El problema era qué hacer con una emoción que no deseaba y que creía muerta años antes.

El agua de la ducha caía sobre ellos y Cole disfrutaba admirando su cuerpo, pero Tamera era mucho más que un cuerpo bonito. Era una arquitecta estupenda, una persona generosa, una chica encantadora. Todo lo que siempre había querido en una mujer… si estuviera buscando una mujer.

Si quisiera casarse y tener hijos sería un tonto si no la eligiese a ella, pero ya no era capaz de comprometerse.

Mientras acariciaba su húmeda espalda, empujándola suavemente contra la pared de mármol, sabía que sólo podía ofrecerle aquello. Y el vacío que sentiría cuando se fuera tendría que ser su compañero de por vida.

No había alternativa.

–La verdad es que no me sorprende que vivas en Star Island.

Estaban en la cama, Tamera con la cabeza apoyada sobre el hombro de Cole, mirando las estrellas por la ventana abierta. Cole le había dado la noche perfecta. No quería que le hiciese daño otra vez, pero tenía la horrible impresión de que iba a ser inevitable y lo único que podía hacer era disfrutar de lo que tenía en aquel momento.

–¿No te sorprende?

–Siempre decías querer lo mejor –murmuró Tamera, pensando en los sueños que habían tenido en la universidad–. Y ahora lo tienes.

–Sí.

Siempre un hombre de pocas palabras.

Tamera giró la cabeza para mirarlo.

–¿Ocurre algo?

–No, nada. Estaba pensando.

–Sobre…

–El pasado. Es curioso cómo algunas cosas del pasado vuelven cuando uno menos lo espera.

Tamera estudió su pensativa expresión.

–¿Te refieres a nosotros?

–Los dos sabemos que no puede haber un «nosotros», Tam. No puede haber más que esto.

Ella asintió con la cabeza. Aunque lo sabía, no le gustaba nada escucharlo. Había esperado evitar esa realidad durante el mayor tiempo posible.

–Si te preocupa que vuelva a enamorarme de ti, olvídalo –le dijo, levantándose de la cama–. Ahora mismo tengo muchas otras cosas en qué pensar.

Después de ponerse el vestido recordó que sus sandalias estaban abajo. Y que no tenía su coche.

–Te vas a quedar –dijo Cole.

–No, tengo que volver a mi casa.

–¿Para qué?

–Mi padre –dijo ella, suspirando–. Tengo que estar disponible por si me llamasen del hospital.

–Tienen el número de tu móvil, ¿no? No hace falta que te vayas corriendo cuando podemos disfrutar del resto de la noche.

Tenía razón, aunque ya no estaba segura de que pudiese disfrutar. No quería volver al pasado y ahora eran dos personas tan diferentes…

Pero no le importaría empezar de nuevo.

¿Sería posible?, se preguntó. ¿De verdad lo había perdonado por el daño que le hizo? Si no había podido perdonarlo en once largos años, no debería estar allí.

Tamera miró su glorioso torso desnudo. Sabía que su cuerpo, sólido y atlético, seguiría siendo cálido y acogedor.

Cole tenía razón. ¿Por qué no disfrutar del resto de la noche?, se preguntó, tirando el vestido al suelo.

***

Cole estaba en la puerta del dormitorio, mirando las sábanas arrugadas y recordando a Tamera desnuda allí, su pelo rubio extendido sobre la almohada.

La había llevado a casa una hora antes, pero ya la echaba de menos. El vacío de veinte mil metros cuadrados era en aquel momento más ensordecedor que nunca.

No había esperado más sorpresas por su parte, pero lo había pillado desprevenido cuando apareció con aquel vestido rojo. Pensaba que estaría enfadada con él por el beso en la oficina y porque le había dicho que mentía sobre sus sentimientos, pero Tam se había vengado.

Aunque tal vez habría sufrido más si no hubiera querido ir a su casa. No estaba seguro; lo único que sabía era que no podía dejar de pensar en ella. Tamera había tirado todas las defensas que él había ido levantando con tanto cuidado.

Apoyando las manos en la encimera de granito del baño, Cole soltó una carcajada. Qué ironía que un arquitecto de su prestigio pudiese construir edificios multimillonarios y no pudiera evitar que una rubia bajita rompiese el fuerte que había construido alrededor de su corazón.

Mientras se lavaba la cara con agua fría, intentó entender dónde iba aquello. No estaba seguro de que su relación con Tamera pudiese llegar lejos y la idea lo asustaba, pero debía estar preparado.

Ella merecía ser tratada mejor de lo que la trató la última vez y sólo había una cosa que hacer, un paso que debía dar.

Un paso que debería haber dado mucho tiempo atrás y el reloj marcaba las horas. Si no hacía algo, jamás tendría otra oportunidad de contarle la verdad y cerrar así la puerta del pasado.

Porque sólo de ese modo podrían seguir adelante y ver el camino que debían tomar... juntos.

Los azulejos del hospital eran de un blanco cegador cuando Cole se acercó al mostrador de entrada para peguntar cuál era la habitación de Walter Stevens. Y estuvo a puntó de reír por la mentira que le contó a la enfermera. Fingirse su yerno era absurdo, pero no había mucho tiempo y debía hacer algo antes de que Stevens se fuera de este mundo.

Seguramente nada saldría de aquella conversación, pero Cole tenía que defender al hombre que había sido once años antes y al hombre en el que se había convertido. No podía dejar que el pasado lo venciera y sabía que lamentaría no haber hablado con el padre de Tam.

La puerta estaba cerrada, pero la enfermera le aseguró que el señor Stevens estaba despierto, de modo que entró, un poco nervioso. No sabía qué esperar, no lo había pensado, pero se quedó sorprendido al ver a un Walter Stevens frágil y muy delgado sentado en una mecedora.

La puerta crujió suavemente y el hombre se volvió, mirándolo con cara de sorpresa.

−¿Qué demonios haces aquí? −le espetó.

La habitación olía a potpurrí, algo afrutado que sin duda Tamera habría llevado. Había toques de ella por todas partes, desde las fotos familiares sobre la cómoda a las flores frescas sobre la mesilla.

—He venido para hablar con usted. Es una conversación que lleva esperando once años.

El hombre no había envejecido bien, pero seguramente la quimioterapia le hacía eso a una persona. Su piel era grisácea y tenía los ojos hundidos.

—Nunca pensé que volveríamos a vernos —dijo Walter—. De hecho, no quería verte.

—Lo mismo digo —replicó Cole—. He venido por Tam.

—Ya me lo imagino.

—Como sabrá, estamos trabajando juntos en el hotel de Victor Lawson… —Cole se dio cuenta de que el hombre lo miraba, sorprendido—. ¿No lo sabía? Bueno, mejor entonces. Seguramente habría intentado que no lo hiciéramos.

—Tamera no trabajaría con alguien como tú —dijo Walter—. Mi gabinete es uno de los más prestigiosos del país…

—El mío también.

—Tú le rompiste el corazón hace años y nunca te ha perdonado. Además, no creo que Victor Lawson contratase a dos gabinetes de arquitectura, así que dime qué es lo que quieres antes de que llame a las enfermeras para que te echen de aquí.

Cole tuvo que hacer un esfuerzo para controlar su furia, recordando que Walter era un hombre muy enfermo. Pero tenía que quitarse aquello del pecho.

—Pregúnteselo a ella si no me cree. Pero no he venido aquí para hablar de nuestra relación profesional —Cole hizo un gesto con la mano cuando Walter iba a decir algo–. Lo que usted destruyó hace once años no me destruyó a mí, lo único que consiguió fue romper el corazón de su hija y hacerme un hombre más fuerte. Por eso quiero que Tamera trabaje conmigo a partir de ahora.

Walter empezó a toser y tuvo que taparse la boca con la mano durante unos segundos.

–Escúchame –dijo luego–. Puede que lleves un traje de mil dólares, pero bajo ese exterior no hay más que un gusano que nunca será suficiente para mi hija. Además, Tamera no tendrá ningún problema para dirigir el grupo Stevens. No te necesita en absoluto.

Cole no pudo evitarlo. Las palabras salieron de su boca antes de que pudiera pensarlo dos veces:

–No tendrá ningún problema porque cuando nos casemos fusionaremos los dos gabinetes. Usted ha saboteado nuestro pasado, pero no podrá sabotear nuestro futuro. Ya no puede chantajearme y si lo intenta sólo acabará hiriendo a Tamera...

De repente, los dos oyeron un suspiro desde la puerta. Tam estaba allí, pálida como un fantasma, con una mano sobre el corazón.

Cole no pidió disculpas, porque estaría mintiendo si lo hiciera, pero se acercó a ella.

–Os dejo solos para que podáis hablar.

Sabía que había sido duro con Walter, pero aquel hombre le había destrozado la vida once años antes. Tamera no había sido la única en sufrir, aunque de ninguna manera le haría saber cuánto le había dolido lo que pasó.

Pero al ver el brillo de dolor en sus ojos hubiera

preferido evitar que Tamera supiera la verdad. ¿Para qué serviría? Apenas podían estar en la misma habitación sin discutir, a menos que estuvieran haciendo el amor.

Cole salió del hospital y se detuvo un momento en la acera. Evidentemente, Tamera había decidido cambiar su rutina y visitar a su padre antes de la cena. El destino tenía una curiosa manera de hacer que las cosas ocurrieran cuando tenían que ocurrir.

Pero Tamera era fuerte. Si había sobrevivido a su ruptura once años antes también podría sobrevivir a la verdad.

Capítulo Dieciséis

–¿Es cierto, papá?

Tamera tuvo que hacer un esfuerzo para acercarse a su padre. Había pensado que, como hacía tan buen día, podía llevarlo a dar un paseo, pero se había encontrado con algo totalmente inesperado.

–Sí –contestó él.

Su corazón se rompió una vez más. ¿Cuántas veces iba a tener que unir las piezas? ¿Llegaría un momento en el que las dejaría en el suelo para no reunirlas nunca jamás?

–¿Cómo pudiste hacerlo, papá? –Tamera se dejó caer sobre el borde de la cama, incapaz de permanecer de pie–. ¿Por qué destruiste mi relación con el hombre con el que quería pasar el resto de mi vida?

–Mi intención era mirar por tu futuro, hija. No quería que te casaras con alguien que estaba por debajo de ti.

–¿Por debajo de mí? –repitió ella, atónita–. Nadie está por debajo de mí. Yo estaba enamorada de él, papá. Me viste llorar todos los días durante un año y no me dijiste nada…

–No digo que no cometiese un error –la interrumpió su padre, con lágrimas en los ojos–. Pero lo hice porque pensé que era lo mejor para ti.

Tamera apretó el bolso con las dos manos.

—¿No debería haber sido yo quien decidiera qué quería hacer con mi vida?

Silencio. Al menos no iba a defenderse a sí mismo. Pero su padre era un hombre orgulloso y obstinado, de modo que no iba a disculparse.

—¿Estáis trabajado juntos en un proyecto?

—Iba a contártelo, pero temí que tuvieras miedo de que no pudiera hacerlo sola.

—¿Y por qué iba a tener miedo, hija? Sé que eres absolutamente capaz de dirigir la empresa. Y sabía que habías presentado un proyecto hace meses para Lawson, pero como no me dijiste nada pensé que no nos lo habían dado.

No se lo había contado porque el anuncio de Victor Lawson había coincidido con el diagnóstico de los médicos, pero quería que estuviese orgulloso de ella.

—Lo conseguimos, papá. Victor aprobó el primer boceto, pero quiere un proyecto diseñado por los dos gabinetes.

Su padre tragó saliva.

—Estoy orgulloso de ti, cariño. Sé que la empresa está en buenas manos… mientras Cole Marcum no toque lo que es mío.

Tamera se pasó una mano por la frente para intentar aclarar sus pensamientos.

—¿Por que me traicionaste, papá?

—No, yo sólo intentaba ayudarte. ¿De verdad querías pasar tu vida con un hombre que no podía mantener a su familia?

—Entonces tenía veinte años. No tenía medios económicos y estaba en la universidad…

–Yo quería un hombre que pudiese cuidar de mi hija.

–¡No necesito que nadie cuide de mí! –gritó Tamera–. Necesitaba el amor de Cole.

Eso era lo que realmente le dolía. La había querido de verdad y ahora… a saber lo que sentía. ¿Importaba?, se preguntó. Al fin y al cabo, la había traicionado tanto como su padre. Podría haberle dicho lo que pasaba, podría habérselo contado. Pero no lo hizo.

Muy bien, eso era lo que más le dolía.

Pero su padre tenía un tiempo muy limitado. No podía marcharse de allí sabiendo que podría ser la última vez que lo viera y sin hacer las paces con el hombre que la había criado. Aunque hubiera cometido errores. Era humano, cometía errores como todo el mundo. Y lo que estaba hecho, estaba hecho.

–Te perdono –le dijo, inclinándose para darle un beso en la frente–. Te quiero mucho, papá.

Walter levantó una mano arrugada para ponerla en su brazo.

–No quería que sufrieras, hija. Sabía que al final sería lo mejor.

Y tal vez tenía razón. Porque si Cole hubiera querido estar con ella once años antes habría encontrado la manera de luchar contra su padre y casarse con ella.

Pero no lo había hecho.

Cole estaba seguro de que Tamera iría a hablar con él y estaba dispuesto a defender lo que había hecho, tanto once años antes como aquella tarde. Y como lo había anticipado, le dijo al guardia de seguridad que la dejase entrar.

Cole abrió la puerta de su casa en Star Island y la observó mientras bajaba del BMW y se acercaba a él, sus sandalias de tacón repiqueteando por el camino de entrada.

Tantas cosas habían cambiado desde que estuvieron juntos dos día antes.

—No sabía que se pudiera amar y odiar tanto a una persona. No sabía que esas dos emociones pudieran convivir —le dijo, a modo de saludo.

En sus ojos no había enfado alguno. Lo único que veía era cansancio. Genial. ¿Cómo iba a enfrentarse con ella en esas circunstancias?

—¿Debería haber ido corriendo a ti, Tam? ¿Qué habrías hecho si te hubiera contado que tu padre amenazaba con quitarme la beca de estudios si no te dejaba? Y las de mis hermanos también.

—No sé qué habría hecho, pero sé que al menos habría luchado —respondió ella—. Pensé que me querías de verdad.

—Tú sabes que te quería. Nunca he querido a nadie más que a ti, Tam.

Una risa amarga escapó de su garganta.

—¿Ah, sí? ¿Y debo considerarme afortunada? Me dan pena las otras mujeres con las que hayas salido si es así como tratas al amor de tu vida.

Se merecía su furia, lo sabía, pero no iba a soportar que le echase en cara el pasado.

—Tu padre hizo imposible que eligiera. Mi familia tenía que ser lo primero, Tam. Yo no tenía ayuda de nadie más.

–No sé por qué estamos discutiendo. Si el destino lo hubiera querido nos habríamos buscado el uno al otro de alguna forma. Pero me sorprende que dejaras que mi padre se saliera con la suya.

–Entonces era muy joven. Y tienes razón, discutir no cambiará el pasado. Ahora somos dos personas diferentes.

Bueno, aparte del hecho de que la encontraba increíblemente guapa y más sexy que ninguna otra mujer.

Pero dijera lo que dijera, cuando su padre muriese necesitaría apoyo. Tamera era una mujer fuerte, una de las más fuertes que conocía, pero incluso los más fuertes necesitaban apoyo durante una tormenta.

–Cuando terminemos con el proyecto no quiero volver a verte, Cole. No voy a hacer el tonto dos veces. No confío en ti.

–Sé que no confías en mí y sé que el proyecto es lo único que importa.

–Y tú sigues siendo la misma persona. Lo único que te importa es el dinero y tú mismo. Entonces no me daba cuenta –Tamera se mordió los labios porque le temblaban–. Qué mundo más solitario el tuyo.

El eco de sus tacones murió cuando Tamera cerró la portezuela del BMW. Y Cole no quería sentirse culpable; al contrario, se sentía aliviado.

Cuando le llevasen el proyecto de ejecución a Victor y estuviera oficialmente aprobado, Zach se encargaría de la obra y él podría cerrar la puerta del pasado y olvidar a Tamera Stevens.

¿Pero desaparecería entonces la opresión que sentía en el pecho?

Capítulo Diecisiete

La mesa de trabajo de Tamera estaba cubierta de papeles, bocetos y muestras de materiales, pero nada decía «fantástico hotel multimillonario».

Pero entonces se le ocurrió una idea y, tomando el móvil, llamó a una vieja amiga que seguramente podría ayudarla.

–¿Kayla? Soy Tamera. ¿Recuerdas que el otro día dijiste que deberíamos comer juntas?

–Desde luego que sí –asintió la hermana de Cole–. ¿Cuándo quieres que nos veamos?

–¿Qué tal hoy mismo? Si quieres, podemos comer en mi despacho. Pediré la comida por teléfono.

–Ah, perfecto, acabo de reunirme con Victor y tengo muchas cosas que contarte. Pero yo puedo comprar algo en la tienda de la esquina. ¿Qué te apetece?

Tamera colgó unos minutos después. Cole se pondría furioso por no ser incluido en la reunión, pero en aquel momento le daba igual lo que pensara. Kayla era la decoradora del gabinete Marcum y era con ella con la que tenía que consultar.

Estaba furiosa con Cole. Pero sobre todo consigo misma. Después de lo que había pasado, ¿cómo había podido acostarse con él? Prácticamente le había suplicado que la sedujera.

Sí, en parte había sido culpa suya, desde luego, pero no estaba dispuesta a reconocerlo. Todo aquello era culpa de Cole.

Y lo que necesitaba en aquel momento era charlar con otra mujer.

Claro que saldría el tema de Cole y no podía hablar con Kayla de su hermano. ¿Sabría Kayla las razones de su ruptura? ¿Lo habría sabido todo el mundo menos ella? Aunque ya daba igual, claro.

Unos minutos después, Kayla apareció en la puerta del despacho con una bolsa en la mano.

—La comida —anunció, con una sonrisa.

—Ah, estupendo, estaba limpiando la mesa para hacer algo de sitio.

La hermana de Cole era guapísima. Tenía el pelo negro, como él, los mismos ojos de color chocolate y una piel bronceada que no era el resultado de ir a la playa sino de unos genes asombrosos.

—¿Qué tal la reunión con Victor? —preguntó Tamera mientras la hermana de Cole sacaba de la bolsa dos ensaladas de pollo—. ¿Te apetece trabajar con él?

—No estoy segura —Kayla suspiró mientras se dejaba caer en la silla—. La verdad es que… no sé, me da un poco de miedo.

—No debes tener miedo de un cliente, mujer. Además, yo creo que te subestimas.

—Sé que soy buena en lo mío, pero me miraba de una manera…

—¿Cómo te miraba?

—No sé, a lo mejor es mi imaginación.

—¿Por qué no me lo cuentas? Así te diré si estás imaginando cosas.

Kayla pinchó un tomate cherry, pensativa.

–Mira, déjalo. No merece la pena hablar de ello. Cuéntame qué tal va todo. ¿Qué tal con mi hermano?

Ella no quería hablar de Cole, pero iba a ser inevitable.

–La verdad es que nos va bien trabajando juntos en el proyecto.

–Sí, bueno, ¿y en el terreno personal?

–¿Sinceramente? La verdad es que no está siendo fácil. Tu hermano es tan…

–Lo sé –Kayla le dio una palmadita en la mano–. Ha sido así desde que rompisteis. Nada se pone en su camino, nada es lo bastante bueno para él y no acepta nada que no sea lo mejor.

–¿Te ha contado alguna vez por qué rompió conmigo? –le preguntó Tamera entonces.

Esperaba que Kayla no lo supiera. Que todo el mundo lo supiera menos ella la molestaba.

–Nos dijo que se había dado cuenta de que tú necesitabas más de lo que él podía darte y nos pidió que no volviéramos a mencionar la ruptura. Quería olvidarla por completo. Pero creo que Zach sí conoce la verdadera razón, ya sabes que se llevan muy bien.

El cuchillo que Cole le había clavado en el corazón once años antes se clavó de nuevo. Aunque no debería dolerle tanto hablar de él.

–Bueno, eso fue hace mucho tiempo –Tamera intentó sonreír–. Seguro que se habrá enamorado muchas veces en estos años.

–No, la verdad es que no –respondió Kayla–. Lo he visto con muchas mujeres, pero nunca ha vuelto

133

a tener una relación seria. Está demasiado ocupado con el trabajo y yendo de proyecto en proyecto, eso es lo único que le importa.

Bueno, al menos había tenido mujeres con las que ocupar sus solitarias noches. Canalla.

Sus sentimientos por Cole habían muerto muchos años atrás, cuando le dio la espalda, y ahora que sabía la verdad no volvería a pensar en él… al menos en el terreno personal.

El teléfono empezó a sonar entonces, interrumpiendo sus pensamientos.

—Perdona un momento —murmuró, antes de descolgar—. ¿Sí?

—Tengo la tarde libre. Ven a mi oficina para trabajar en los materiales.

Tamera miró a Kayla y levantó los ojos al cielo.

—Tan amable como siempre, Cole. Ahora mismo interrumpo mi reunión para ir corriendo a tu oficina.

Kayla soltó una carcajada.

—¿Kayla? ¿Mi hermana está ahí contigo?

—Sí.

—¿Por qué?

—Porque necesitaba otra opinión.

—Yo soy tu socio en este proyecto, Tamera. Llamar a mi hermana no es ni profesional ni aceptable.

—Estoy haciendo lo que tengo que hacer, sencillamente. Si tienes un problema con eso, peor para ti. Y si no necesitas nada más, lo siento, pero tengo que volver a mi reunión.

—Voy para allá.

Cole colgó y Tamera dejó escapar un suspiro.

—Siento que sea tan insufrible —dijo Kayla.

–No es culpa tuya. Por cierto, viene para acá.

–Yo podría haberte dicho que haría eso. Es muy competitivo –Kayla tiró el resto de las ensaladas a la basura–. Quiere controlarlo todo en todos los proyectos, de principio a fin.

–No creo que Zach soportase verlo en la obra –comentó Tamera.

–Zach y él discuten mucho. Y, además, se guardan las peleas para las cenas familiares y las reuniones en la oficina.

–Qué divertido para ti –dijo Tamera, irónica.

Kayla soltó una carcajada.

–No te lo puedes ni imaginar.

Tamera se alegraba mucho de volver a ver a su antigua amiga. Le resultaba tan fácil hablar con ella, incluso después de tantos años.

–Siento mucho que perdiésemos el contacto. Y es culpa mía, además. Después de que Cole rompiese conmigo no podía…

–No, por favor, lo entiendo –la interrumpió Kayla.

–Había pensado llamarte muchas veces, pero no sabía qué decir.

–No pasa nada, lo entiendo. Tampoco yo te he llamado a ti. ¿Cómo está tu padre? Cole nos dijo que estaba enfermo.

–Está muy enfermo, sí. Ya no va a salir del hospital.

–Imagino que lo estarás pasando fatal. ¿Puedo hacer algo por ti?

–No, pero hablar contigo me ha sentado muy bien. Tu amistad es más que suficiente.

–¿Esto es una telenovela o un lugar de trabajo?

Las dos se volvieron hacia la puerta para ver a Cole entrando en el despacho como si fuera suyo.

—Parece que llego justo a tiempo. ¿Habéis hecho algo aparte de recordar el pasado?

Kayla se levantó para darle un beso en la mejilla.

—No seas pesado, hacía mucho tiempo que no hablábamos.

—¿Qué tal tu reunión con Victor?

—Bien, desde luego ese hombre sabe lo que quiere.

Cole estaba sonriendo y Tamera se preguntó por qué nunca le sonreía a ella con esa sinceridad, con ese cariño. Aunque era imposible, claro.

—Bueno, vamos a trabajar —dijo Cole entonces—. En realidad, me alegro de que estés aquí, Kayla. Como has visto a Victor esta misma mañana imagino que tendrás una mejor idea de lo que quiere.

Ah, entonces su diseño era una buena idea. Pero, por supuesto, no le daría las gracias a ella, pensó Tamera.

Daba igual. No necesitaba que le diera las gracias, no necesitaba sus palabras de ánimo. Lo que odiaba era que, en el fondo, no podía quitarse el pasado de la cabeza. Había estado tan enamorada que lo habría dejado todo para estar con él.

¿Por qué seguía pensando en ello? ¿Por qué no se olvidaba de Cole para siempre? Evidentemente, él lo había hecho.

Pero no podía dejar de recordar las palabras de Kayla:

«Lo he visto con muchas mujeres, pero nunca ha vuelto a tener una relación seria. Está demasiado ocupado con el trabajo y yendo de proyecto en proyecto, eso es lo único que le importa».

¿En once años?

—¿Estás con nosotros, Tam?

La pregunta de Cole interrumpió sus pensamientos.

—¿En qué otro sitio podría estar?

Capítulo Dieciocho

La fiesta de Victor Lawson no era menos extravagante que sus edificios. Tamera bajó de la limusina que había ido a buscarla a casa, por cortesía del señor Lawson, y sonrió al joven que la ayudó a salir.

Victor también vivía en Star Island y eso, por supuesto, no era ninguna sorpresa. Aunque «vivir» no era seguramente el verbo más adecuado. Aquélla era una más de sus numerosas mansiones por todo el mundo.

Había recibido la invitación una semana antes y, por supuesto, estaba encantada de acudir. Como la de Cole, la casa de Victor era una construcción de estilo mediterráneo. Tal vez por eso le había gustado tanto que el hotel fuera de ese estilo.

Tamera fue recibida en la puerta por el propio Victor.

–Tan guapa como siempre.

–Gracias –dijo ella, sonriendo–. Tienes una casa preciosa. Te agradezco mucho la invitación.

Tamera observó los altos techos, las escaleras a cada lado del vestíbulo y la enorme lámpara de araña que creaba un arco iris sobre el suelo de mármol.

–No podía dar una fiesta y no invitar a mis dos arquitectos favoritos.

Justo lo que ella no quería, otro encuentro con Cole.

–Kayla y Zach acaban de llegar. Cole aún no ha aparecido, pero seguro que vendrá tarde o temprano –Victor la tomó del brazo para llevarla al jardín, donde los invitados charlaban y reían mientras un ejército de camareros se movía entre ellos con bandejas llenas de copas de champán–. Perdona, tengo que recibir al resto de los invitados. Te veo más tarde.

–Muy bien.

Mientras se alejaba, Tamera se preguntó por qué su corazón no se volvía loco al ver a aquel hombre tan atractivo, como le pasaba con Cole. ¿Por qué el único hombre en la tierra al que quería sacar los ojos hacía que se le doblaran las rodillas?

–Tamera…

Ella se volvió al oír la voz del hermano de Cole.

–Buenas tardes, Zach. ¿Hoy no has venido con una guapa rubia del brazo?

–No, mi chica esta noche es Kayla –contestó él, riendo.

–¿Y dónde está?

–Ha ido a charlar con una posible cliente.

–Ah, claro –Tamera miró alrededor hasta que encontró a la guapísima Kayla al borde de la piscina, charlando con una señora de mediana edad.

–Pero no sé cuánto tiempo seguirá siendo mi cita de esta noche si Victor sigue mirándola como la mira.

–¿En serio? Claro que es lógico. Victor está acostumbrado a tratar con mujeres guapas y tu hermana es una belleza.

–¿Dónde está Cole? Pensé que vendríais juntos.

–¿Por qué íbamos a venir juntos? –Tamera tomó la copa de champán que le ofrecía un camarero.

–Os habéis visto mucho últimamente, ¿no?

–Estamos trabajando juntos en un proyecto, no nos queda más remedio que vernos. Pero no creo que volvamos a hacerlo cuando el hotel esté terminado.

–Aún falta mucho para eso. Y muchas cosas podrían pasar hasta entonces.

Muchas cosas habían pasado.

–No creo que trabajemos juntos en el futuro.

–No sé qué te ha contado Cole, pero mi hermano es de los que no se rinden nunca… ah, ahí está. Bueno, os dejo.

Muy bien, allí estaba, pero ella no tenía por qué ir a saludarlo, pensó Tamera mientras se alejaba hacia el otro lado del jardín para hablar con Kayla, que acababa de despedirse de la cliente.

–¿Le han gustado tus ideas?

–Parecía muy interesada, no sé. Eso espero. ¿Has visto qué casa tiene Victor? Es fabulosa.

–Es preciosa, sí.

–Pensé que la de Cole era estupenda, pero ésta es increíble.

Incluso escuchar su nombre la ponía nerviosa. Rabia y pasión se mezclaban alternándose, intentando ser la emoción dominante.

–¿Estás bien? –le preguntó Kayla entonces–. Cole me ha contado… bueno, lo que ocurrió en el pasado. Yo no lo sabía, de verdad.

–¿En serio?

–No tenía ni idea. Pero ahora entiendo por qué hay tanta tensión entre vosotros.

–No es fácil lidiar con algo así después de tanto tiempo. La verdad, no sé cómo llevarlo o lo que debo hacer –le confesó Tamera.

Kayla le pasó un brazo por los hombros.

–No sé si significará algo, pero Cole lleva unos días de muy mal humor y eso es bueno.

–¿Por qué?

–Porque a él nunca le afecta nada, así que tú debes importarle más de lo que quiere admitir.

–Tal vez, pero no me gusta que nadie tome decisiones por mí. Sobre todo cuando esas decisiones afectan a mi vida. Además, Cole ya tomó su decisión hace mucho tiempo.

–Pero no dejes que el pasado marque tu futuro.

Tamera miró esos ojos que se parecían tanto a los de Cole.

–No puedo concentrarme en él en este momento.

Kayla asintió con la cabeza.

–Siento mucho lo de tu padre. Si puedo hacer algo, dímelo.

–Gracias –Tam apretó la mano de su amiga.

–Señoritas…

Tamera se obligó a sí misma a sonreír al escuchar la voz de Cole.

–Hola.

–Creo que he conseguido otra cliente –dijo Kayla–. Es nueva en Miami. Acaba de comprar una casa en Coral Gables y está buscando un decorador.

–Estupendo –Cole sonrió mientras le daba un beso en la mejilla–. Uno de estos días serás demasiado importante para Zach y para mí.

–Lo dudo –Kayla miró a Tamera–. Bueno, me voy. Creo que vosotros dos tenéis que hablar.

A ella se le encogió el corazón. Lo último que deseaba era otra confrontación con Cole sobre algo que ocurrió once años antes. Y en casa de Victor Lawson, además. Sería un suicidio profesional porque sabía que una vez que empezaran a discutir no terminarían nunca.

–A mi hermana nunca le han gustado los enfrentamientos –dijo él cuando Kayla los dejó solos.

–Yo no tengo por qué enfrentarme con tu hermana. Ella no me traicionó.

–Ni yo tampoco.

–¿Ah, no? –Tamera miró a los invitados a la fiesta, que charlaban y reían sin prestarles atención–. ¿Y cómo llamas a lo que hiciste?

–Proteger a mi familia.

Tamera dejó escapar un suspiro.

–Mira, déjalo, no tiene sentido hablar de ello. No quiero una explicación, me da igual.

–Yo sé que no te da igual. Te importa demasiado y eso se te come por dentro. Tú sabes que hice lo que tenía que hacer en ese momento. Si quieres culpar a alguien, culpa a tu padre.

–¿Cómo están los mejores arquitectos de Miami? –Victor interrumpió la conversación. Afortunadamente.

–Estaba diciéndole a la señorita Stevens que haría cualquier cosa por mi familia. Imagino que a ti te pasa lo mismo.

–Por supuesto –asintió Victor–. Mi hermano es lo único que me queda y nos llevamos muy bien. ¿Y tú, Tamera, tiene hermanos?

–No, soy hija única.

–Ah, la niña de papá entonces. Imagino que Walter estará muy orgulloso de ti. Es una pena que no haya podido hablar con él, pensé que volveríamos a vernos.

–¿Conoces a mi padre?

–Sí, claro. Él diseñó una casa para mis padres hace años. Me hacía ilusión regalarles una casa bonita en cuanto empecé a ganar dinero y tu padre me ayudó a conseguirlo.

–Sí, bueno, tal vez no es el mejor momento para contarte esto… –Tamera se aclaró la garganta–. Mi padre está enfermo.

–Ah, vaya, lo siento.

–Está en el hospital… siento no habértelo dicho cuando empezamos con el proyecto, pero pensé que te parecía bien que lo llevase yo.

–Por supuesto que me parece bien. Y siento mucho lo de Walter, Tamera. Es un buen hombre, un luchador. Por favor, salúdalo de mi parte.

Ella tuvo que hacer un esfuerzo para contener las lágrimas.

–Bueno, tengo que irme –dijo entonces–. Gracias por la invitación, Victor. Adiós, Cole.

Tenía que salir de allí antes de que alguno de los dos hombres intentase detenerla.

Si no era una emoción era otra. Su padre, su pasado, su presente. ¿Cuándo iba a terminar aquella pesadilla?

¿Y de verdad estaba esperando que terminase?, se preguntó entonces.

¿Por qué no podía Cole haberse quedado en el pasado?

Capítulo Diecinueve

El sonido del teléfono despertó a Tamera.

Allí estaba, la llamada que tanto había temido. Y sabía que lo era antes de tomar el teléfono de la mesilla.

—¿Sí?

—Tamera, soy Camille, la enfermera de noche.

Tam se dejó caer sobre las almohadas, con el corazón en un puño.

—Ha muerto.

No era una pregunta, era una afirmación. No quería que le confirmase su peor miedo.

—Lo siento, hemos llamado a la funeraria y están en camino.

Tamera intentó contener el dolor y el sentimiento de culpa. Ya lidiaría con todo eso más adelante. Por el momento, lo que tenía que hacer era ir al hospital para encargarse de todo.

—Llegaré en quince minutos.

Después de colgar tuvo que reunir valor para levantarse de la cama. Hacer las cosas en piloto automático era la única manera de soportar aquellas horas, días, años.

Sin darse cuenta de lo que hacía, se puso un vestido de verano y unas sandalias. Quería llegar al hospital antes de que se llevaran el cuerpo de su padre.

Sonaba tan horrible, pensó. Estaba sola en el mundo, no tenía más familia.

Respirando profundamente, tomó las llaves del coche y se dirigió al garaje. No quería pensar en lo que estaba haciendo mientras el resto de Miami vivía, cenaba, dormía o estaba de fiesta. La vida seguía adelante aunque la de su padre hubiera terminado y su mundo nunca volviera a ser el mismo.

Nunca volvería a escuchar su voz, nunca volvería a compartir con él un momento de orgullo profesional. Todo eso se había ido con él.

Unos minutos después estacionaba el BMW en el aparcamiento del hospital. Podía hacerlo, se dijo, mientras abría la puerta. Tenía que hacerlo, no había nadie más.

En cuanto llegó al mostrador de la entrada Camille se acercó para darle un abrazo.

—Los de la funeraria aún no han llegado. Lo siento mucho, de verdad.

Tamera hizo un esfuerzo para controlar su angustia porque sabía que si empezaba a llorar no terminaría nunca.

—Sabía que iba a llegar este momento.

—Pero no es más fácil, ya lo sé —suspiró la enfermera—. Ven conmigo, puedes estar un momento a solas con él hasta que llegan los de la funeraria.

Ella asintió con la cabeza, incapaz de expresar con palabras cuánto se lo agradecía. Y no sabía qué esperar, pero ver a su padre en la cama no le dolió tanto como había temido.

Parecía dormido.

Temblando, se acercó a la cama y puso una mano

145

en su cara. Por fin había encontrado la paz y eso la consoló un poco. Su vida no sería la misma sin él, pero era egoísta por su parte querer que volviese con ella cuando sabía que estaba sufriendo. Había vivido una vida feliz y había hecho todo lo que quiso hacer, eso era lo importante.

–Te quiero, papá –murmuró–. Y te perdono.

Cole colgó el teléfono y dejó escapar un suspiro. Había estado llamando al hospital desde que Tamera y él discutieron en la fiesta de Victor para ver cómo estaba Walter porque sabía que ella no le diría nada.

Pero ahora que Walter había fallecido, Tam debía sentirse muy sola. ¿Quién le ofrecería un hombro sobre el que llorar?

Desearía que acudiese a él, pero no era tan ingenuo como para creer que iba a hacerlo. Y no importaba, él no tenía tiempo para relaciones, especialmente con un pasado tan complicado como el suyo. Se verían obligados a esforzarse el doble y no tenía ni tiempo ni paciencia para ese tipo de compromiso.

Pero enviaría flores y un mensaje para Tamera. Y después de eso, sólo tratarían de trabajo.

Aunque tal vez debería llevar las flores personalmente. Al menos así comprobaría que Tamera estaba bien. No había tenido oportunidad de preguntarle en la fiesta de Victor.

Además, era el momento de hablar con ella para hacerle entender su punto de vista y tal vez podría convencerla para que vendiese la empresa Stevens.

Cierto, él no quería una relación sentimental, pero Tamera era una arquitecta estupenda y la quería en su gabinete… mientras con ella fuera el resto del equipo Stevens.

Walter había muerto por la noche y, como eran ya las diez de la mañana, Tam seguramente estaría de vuelta en casa, pensó, mientras subía a su coche.

Iba preparado para encontrarla deshecha en lágrimas, angustiada, deprimida. Y estaba dispuesto a consolarla como fuese.

Pero cuando Tam abrió la puerta de su casa comprobó que había olvidado otra posibilidad: el vacío. No había nada en sus ojos.

Sin esperar que lo invitase, Cole entró en el vestíbulo e intentó abrazarla.

—No —dijo ella, apartándose—. No quiero que me consueles.

—Puedes llorar todo lo que quieras, Tam. Llorar es totalmente normal…

—¿Y tú como lo sabes?

—¿Eso importa?

—Mira, no te quiero aquí.

—Ya me imagino, ¿pero a quién vas a llamar para que te haga compañía?

—¿Quién ha dicho que voy a llamar a alguien? Estoy bien, no te preocupes.

—De acuerdo —Cole metió las manos en los bolsillos del pantalón para no intentar abrazarla de nuevo—. Imagino que el funeral tendrá lugar esta semana.

Tamera asintió con la cabeza, pero se daba cuenta de que no estaba escuchando. Y no tardaría mucho en hundirse.

–Si necesitas algo, llámame. No me dejes fuera sólo por orgullo.

–Te dejo fuera precisamente por eso –replicó ella.

–Yo he dejado a un lado mi orgullo. ¿No puedes tú hacer lo mismo?

–¿Tú te has olvidado del orgullo? Has venido pensando que me encontrarías deshecha en lágrimas, que caería en tus brazos sin remedio.

–Quería que admitieras que necesitas a alguien, es verdad. Y sí, yo quiero ser ese alguien, pero no te estoy pidiendo que lidies con la muerte de tu padre y con lo nuestro de una vez. No soy tan idiota.

Tamera no dijo nada mientras salía de la casa para volver a su coche. El orgullo y las mentiras les habían hecho mucho daño antes y él no cometía el mismo error dos veces.

Si Tam quería que, a partir de ese momento, su relación fuera exclusivamente profesional lo aceptaría, pero no iba a ponérselo fácil. Porque estaba empezando a entender que tal vez, sólo tal vez, se necesitaban el uno al otro más de lo que había pensado.

Tamera conducía sin rumbo, deseando que los limpiaparabrisas se moviesen más rápido para poder ver la carretera. No sabía dónde iba, pero sabía que no podía ir a su casa. Y tampoco podía ir a trabajar.

Sin embargo, cuando estaba atravesando el puente de Star Island se dio cuenta de cuál era su destino. Necesitaba hablar con él. El funeral de su padre acababa de terminar y la vida era demasiado corta.

Había perdonado a su padre, ahora tenía que perdonar a Cole.

Detuvo el coche frente a la casa y bajó sólo con las llaves en la mano. No había necesidad de sacar sus cosas, lo que tenía que decir podía decirlo en un minuto.

Pero en cuanto salió del coche la lluvia la empapó por completo y se quedó parada un momento, recordando a su padre dándole la mano cuando murió su madre, a su padre enseñándola a conducir. Las horas libres que se había tomado para mostrarle los secretos de la empresa que había fundado su abuelo y de la que ella era ahora heredera. El momento en el que llevaron el ataúd al cementerio…

Las flores del gabinete Marcum.

–Tamera.

Ella se volvió al escuchar la voz de Cole, que estaba en la puerta de su casa en pantalón corto, como si hubiera estado haciendo ejercicio.

Y, aunque llevaban once años separados, aún era capaz de leer en su corazón porque se acercó a ella y, sin decir nada, la tomó entre sus brazos.

Eso era todo lo que hacía falta. Tamera le echó los suyos al cuello y se apretó contra él, deseando que le contagiara su fuerza. Pero lo único que ocurrió fue que empezó a llorar.

A pesar de todo, seguía sintiendo algo por Cole. Era el único hombre al que había amado en su vida y lo necesitaba en aquel momento. Necesitaba su hombro para llorar y le daba igual que la viera como una persona débil. En aquel momento lo era.

–Lo siento…

–No tienes que sentir nada –dijo Cole, tirando de ella hacia la casa.

Y tal vez lo necesitaba más de lo que había pensado, pero cuando se puso de puntillas para buscar sus labios, Cole se apartó.

–No, no es eso lo que necesitas.

–Eso es exactamente lo que necesito –murmuró ella, tomando su cara entre las manos.

Y esta vez, Cole no se resistió.

Tamera no quería preocuparse de nada más que de aceptar el consuelo que Cole le ofrecía. No quería pensar en lo que la había llevado hasta su puerta ni considerar la realidad de que estaba en el peor momento de su vida y Cole era su ancla.

Cuando la tomó en brazos para llevarla al interior de la casa, Tamera apoyó la cara en su cuello. Cuánto lo había echado de menos.

De nuevo, no tuvieron tiempo de llegar al dormitorio y Cole la apretó contra la puerta, besándola desesperadamente.

–Te necesito a ti, sólo a ti –murmuró ella, arqueando la espalda cuando metió las manos bajo el vestido y tiró de las braguitas–. Espera –susurró–. Necesitamos un preservativo…

–Tranquila, conmigo no debes preocuparte. Nunca.

Había un gran significado detrás de esas palabras, pero no podía pensar en ello en aquel momento, no quería hacerse ilusiones.

Cole tomó su mano para llevarla hacia la escalera, pero Tamera no quería seguirlo y corrió delante de él hasta el dormitorio.

En cuanto entró se quitó el vestido, dejando que cayera al suelo. Y Cole la miró de arriba abajo, los dientes apretados mientras se acercaba a la mesilla para sacar un preservativo.

Tamera se dejó caer sobre la cama en una postura provocativa, con los brazos sobre la cabeza, y Cole le tiró el preservativo, sonriendo.

–Pónmelo tú.

¿Cómo podía haber pensado alguna vez que era un error estar con Cole? ¿Cómo podía no haberse dado cuenta de que aquel hombre le importaba más de lo que quería admitir?

Él capturó su boca de nuevo cuando estaban llegando al orgasmo y Tamera envolvió las piernas en su cintura, apretándolo contra sí.

Unos minutos después, jadeando, sin aliento, Cole caía sobre ella, sin dejar de besarla.

–No sabía dónde ir –le confesó Tamera, suspirando.

–Me alegro de que hayas venido. Y siento mucho lo de tu padre.

Tamera no quería pensar en ello, pero tenía que enfrentarse con la realidad. Tenía que decirle lo que había en su corazón y salvar una parte de lo que habían tenido porque, de ese modo, tal vez podrían construir una nueva relación.

–En realidad había venido a decirte que te perdono.

–¿De verdad?

–No puedo vivir guardando rencor para siempre. La vida es demasiado corta como para seguir enfadada. Además, que nos llevemos bien tiene sus beneficios.

Cole acarició la curva de sus caderas.

–Sí, es verdad.

Luego se colocó sobre ella una vez más y le demostró lo beneficioso que podía ser «llevarse bien».

–Me parece que no puedo lidiar con esto.

Tamera no había querido admitirlo, pero sus miedos aumentaban en la oscuridad del dormitorio de Cole.

–¿Te refieres a nosotros?

–No, me refiero a llevar la empresa sin tener a mi padre como guía.

Cole levantó su barbilla con un dedo para mirarla a los ojos.

–Entonces véndela.

–¿Qué?

–No tienes por qué vivir tan estresada. Si no quieres hacerlo, véndela.

–Pero me encanta mi trabajo.

¿Vender la herencia de su abuelo? ¿Algo por lo que su padre había trabajado tanto? ¿Cómo iba a pensar en venderla cuando no había pasado una semana de su funeral?

–Sé que te encanta y que eres estupenda –dijo Cole–. Pero podrías trabajar para mí.

–¿Trabajar para ti? –repitió Tamera–. ¿Qué estás diciendo?

–Conmigo quería decir. ¿Por qué no? Somos un buen equipo.

–No creo que fuese buena idea, Cole. Digamos que vendo la empresa de mi padre y que empiezo a trabajar para el gabinete Marcum. ¿Qué pasaría si no nos llevásemos bien?

–Nos llevaremos bien. Nos pelearemos de vez en cuando, como me pasa con Zach y Kayla porque eso ocurre siempre que varias personas con talento trabajan juntas. Pero el resultado es asombroso.

No lo entendía, estaba claro.

–¿Y qué pasará cuando tú decidas que ya no quieres estar conmigo?

–¿Quién dice que eso vaya a pasar?

–Ha ocurrido antes –dijo ella, encogiéndose de hombros.

–Pero no lo decidí yo.

Tamera cerró los ojos porque no quería pensar en su padre en aquel momento.

–No quiero hablar de eso…

–Tam, no voy a discutir de quién fue la culpa de nuestra ruptura, pero la razón por la que no te lo conté hace once años es que no quería entrometerme entre tu padre y tú. Y sabía que eso hubiera provocado una pelea.

–¿Y no sabías que hubiera hecho cualquier cosa para estar contigo? ¿Que lo que más me dolió fue que no creyeras en nosotros lo suficiente como para acudir a mí? Está claro que en nuestra relación faltaba lealtad y confianza, pero yo creí que sí las había.

–Tal vez tengas razón –asintió él–. Sé que te quería mucho, pero lo que sentía entonces no se puede comparar con lo que siento ahora.

–No sé si puedo arriesgarme otra vez –susurró Tamera–. Me gustaría hacerlo más que nada en el mundo porque tú eres todo lo que necesito, pero no quiero que vuelvas a romperme el corazón.

Cole levantó su barbilla con un dedo y se encontró mirándolo a los ojos. Unos ojos llenos de esperanza, la misma esperanza que sabía debía haber en los suyos.

—Fui un idiota —dijo él entonces, pasando un dedo por su cara—. Pero no volveré a serlo nunca, Tam. Te quiero. Cásate conmigo, deja que tenga una vida entera para compensarte por lo que pasó. Deja que te demuestre lo especial que eres para mí y cuánto te necesito en mi vida. No puedo vivir sin ti. Lo he intentado, pero es imposible, necesito que tú llenes ese vacío.

Tamera había oído antes esas palabras, pero en aquel momento la proposición significaba mucho más. Y era hora de curar las heridas de su corazón.

—¿Siempre serás sincero conmigo?

—Siempre.

Tam le echó los brazos al cuello.

—Sí, entonces me casaré contigo.

—Victor tenía razón —dijo él en voz baja.

—¿Sobre que?

Riendo, Cole la tumbó de nuevo sobre la cama.

—Somos un gran equipo.

Epílogo

–Está claro que cuando hacéis algo no lo hacéis a medias –riendo, Zach sacó una cerveza de la nevera de la oficina mientras Kayla servía copas de champán para todos.

–Siempre han trabajado bien juntos y eso se nota.

–Por cierto, ¿qué vas a hacer con tu empresa, Tam?

Tamera miró al hermano gemelo de Cole con una sonrisa en los labios.

–¿No se lo has contado, Cole?

–No, estaba muy ocupado terminando el proyecto y haciendo feliz a cierta señorita.

–Será mejor que alguien nos cuente algo ahora mismo –protestó Zach–. Kayla y yo no nos enteramos de nada.

Cole se irguió para dirigirse a sus hermanos:

–Nos gustaría fusionar las dos empresas ya que vamos a fusionar las dos familias.

Tamera contuvo el aliento, esperando la reacción.

–¡Entonces vamos a monopolizar el mercado arquitectónico de Miami! –exclamó Zach–. Yo creo que es buena idea. ¿Qué te parece, Kayla?

–Yo voto que sí –dijo ella.

Cole sonrió, haciéndole un guiño a Tamera.

–Ya te dije que no sería un problema. Mis hermanos saben cuándo tienen delante algo bueno.

Zach levantó su botella de cerveza.

–Por las fusiones.

–Por las fusiones –brindaron todos.

–Que la construcción de este hotel sea tan emocionante como el diseño del proyecto –dijo Zach.

Tamera soltó una carcajada.

–Tú harías que la construcción fuese emocionante fueran cuales fueran las circunstancias.

–Pero que no sea demasiado emocionante –intervino Cole–. Nos casamos dentro de dos meses y no queremos que nada le haga sombra a nuestra boda.

–Ah, los problemas son como las mujeres, siempre me siguen –bromeó Zach.

Riendo, Cole besó a Tamera.

–Que mis hermanos se dediquen a lo suyo. Yo tengo cosas más importantes que hacer.

Deseo™

Heredera inesperada

KATHIE DeNOSKY

Convertirse en el nuevo propietario del rancho Hickory Hills no entraba en los planes del millonario Jake Garnier. Y convertirse en padre era aún más increíble. Porque su nuevo negocio incluía a Heather McGwire, la gerente del rancho… y madre de su hija secreta.

Después de haber sobrevivido al abandono de su padre, Jake sabía que debía hacer frente a sus responsabilidades y, por lo tanto, casarse con Heather era la única solución. Sin embargo, ella se negaba a aceptar bonitas palabras o simples promesas. Si Jake quería una familia de verdad, tendría que ser para toda la vida.

Hija secreta, herencia por sorpresa

Acepte 2 de nuestras mejores novelas de amor GRATIS

¡Y reciba un regalo sorpresa!

Oferta especial de tiempo limitado

Rellene el cupón y envíelo a
Harlequin Reader Service®
3010 Walden Ave.
P.O. Box 1867
Buffalo, N.Y. 14240-1867

¡Sí! Por favor, envíenme 2 novelas de amor de Harlequin (1 Bianca® y 1 Deseo®) gratis, más el regalo sorpresa. Luego remítanme 4 novelas nuevas todos los meses, las cuales recibiré mucho antes de que aparezcan en librerías, y factúrenme al bajo precio de $3,24 cada una, más $0,25 por envío e impuesto de ventas, si corresponde*. Este es el precio total, y es un ahorro de casi el 20% sobre el precio de portada. ¡Una oferta excelente! Entiendo que el hecho de aceptar estos libros y el regalo no me obliga en forma alguna a la compra de libros adicionales. Y también que puedo devolver cualquier envío y cancelar en cualquier momento. Aún si decido no comprar ningún otro libro de Harlequin, los 2 libros gratis y el regalo sorpresa son míos para siempre.

416 LBN DU7N

Nombre y apellido   (Por favor, letra de molde)

Dirección   Apartamento No.

Ciudad   Estado   Zona postal

Esta oferta se limita a un pedido por hogar y no está disponible para los subscriptores actuales de Deseo® y Bianca®.
*Los términos y precios quedan sujetos a cambios sin aviso previo.
Impuestos de ventas aplican en N.Y.

SPN-03   ©2003 Harlequin Enterprises Limited

Vittorio va a enseñarle a ser una mujer

Vittorio Ralfino, conde de Cazlevara, ha vuelto a Italia para buscar una mujer tradicional. Y Anamaria Viale, una chica de su pueblo, leal y discreta, es perfecta para él.

Anamaria se asombra cuando su amor de la adolescencia le propone matrimonio… a ella, el patito feo. Alta, desgarbada y más bien torpe, Anamaria se había resignado estoicamente a seguir soltera.

Pero Vittorio es persuasivo… y muy apasionado. Le propone matrimonio como si fuera un acuerdo de negocios, pero pronto despierta en Ana un poderoso y profundo deseo que sólo él puede saciar…

Un corazón inalcanzable

Kate Hewitt

Deseo™

Tú eres lo que quiero

KATE HARDY

Jack Goddard siempre conseguía lo que quería. A Alicia Beresford no le había gustado el interés que mostraba por su mansión familiar, pero Jack pensaba seguir adelante con sus planes de negocio y llevarse a Alicia a la cama como parte del trato.

Aquel playboy era un chico malo y el hombre más sexy que Alicia había conocido. Cuanto más tiempo pasaba con el guapísimo empresario, más tentadora resultaba su propuesta de mantener un tórrido romance. Pero también sabía que no era hombre de echar raíces. ¿Soportaría Alicia el hecho de que Jack sólo buscaba una inversión temporal antes de mudarse a otra propiedad?

Una oferta por su casa... y su cuerpo